Moin Khan

Tyran der Auserwählte

Roman

Herstellung und Verlag:
BoD - Books on Demand, Norderstedt
ISBN 978-3-7392-1677-5

~ Kapitel 1 ~

DER Wind trug den frischen Duft von Regen mit
sich. Er fuhr durch die Blätter zahlreicher Bäume,
um ihnen die frohe Botschaft zu vermitteln, dass
Hitze und trockene Luft bald ein Ende haben
würden. Inmitten dieser Bäume schritt ein
hochgewachsener Elf langsam dahin, mit
wachsamen Augen und die Ohren gespitzt. Ein
Pfeil lag auf dem gespannten Bogen, welcher auf
ein nichts ahnendes Reh zeigte. Auf einmal erklang
ein gellender Schrei. Das Reh riss den Kopf hoch,
tat einen mächtigen Satz und verschwand im
Dickicht. Bemüht, sich seine Wut nicht anmerken
zu lassen, drehte er sich um.»Höchst amüsant«
sprach er in die Stille hinein. Die Worte waren
kaum verhallt, da steckte ein junger Elf den Kopf
hinter einer Kiefer hervor.» Wo hat Tyran denn
seine Beute? Ist sie dem Meisterjäger etwa
entwischt?", fragte eine unschuldige Stimme ihn.
Tyran erwiderte nichts. Demütigungen dieser Art
hatte er seit seiner Kindheit über sich ergehen
lassen müssen. Leise vor sich hin fluchend trat er
den Weg zu dem riesigen Haus des Ältesten an. Seit
er sich erinnern konnte, hatte er dort gelebt, doch
er wusste, dass das nicht alles war. Ganz am Anfang

seiner Lebenszeit, vor fast genau siebzehn Jahren, hatte der Älteste Athras Valan ihn im Wald allein gefunden und aufgenommen. Die übrigen Elfen im Dorf, allesamt zweifelloser Herkunft und stolz auf ihr edles Blut, verachteten ihn dafür, dass er nicht wusste, wer seine Eltern waren. Tyran wollte sich gerade in sein Zimmer verziehen, da erklang die Stimme seines Ziehvaters hinter ihm. „Sohn, wir müssen reden. „Er presste die Lippen aufeinander, auch wenn Athras Valan der Älteste war, konnte er sich doch nicht erlauben, ihn als seinen Sohn zu bezeichnen. „Morgen, Sohn, morgen wird die Zeremonie deines siebzehnten Geburtstages stattfinden. Wir sollten einige Vorbereitungen treffen. Lade alle ein, die du an deinem besonderen Tag dabei haben möchtest. «»Ich will niemanden dabei haben. Sie hassen mich und ich sie, unterbrach Tyran ihn. Er stapfte in sein Zimmer und zog die hölzerne Tür hinter sich zu. Dann fiel sein Blick auf ein wunderschönes Festgewand, welches auf dem Bett lag. Der Älteste musste es extra für ihn angefertigt haben. Der siebzehnte Geburtstag war etwas sehr besonderes für einen Elfen. An diesem Tag empfing er den Segen von Eltern, Verwandten und dem Ältesten. Von dieser Zeremonie an galt man als volles Mitglied des Stammes. Tyran graute es schon seit langen, vor diesem Tag. Jeder andere bekam eine prunkvolle Feier, doch er, das arme Waisenkind, würde diese Zeremonie nur mit dem Ältesten und somit

Anführer des Stammes, der im Dorf lebte, abhalten müssen. Dieser Gedanke beschäftigte den jungen Elf lange, bis er schließlich einschlief. Am nächsten Morgen wurde Tyran wie gewohnt von den fröhlich zwitschernden Vögeln geweckt. Ein Blick hinaus sagte ihm jedoch, dass der Tag nicht so schön aussah, wie er klang. Der Regen, welcher sich am vorherigen Tage angekündigt hatte, prasselte nun in großen Tropfen auf die Blätter der Bäume. Gerade als er sein Mahl beendet hatte, trat der Älteste in den Raum.» Athras Valan «begrüßte Tyran ihn und verbeugte sich. Der Älteste richtete ihn auf mit den Worten: « Heute, mein Sohn, ist dein Tag. Ich sehe, du trägst dein Gewand bereits. Sehr gut, dann sollten wir mit der Zeremonie beginnen. „Sie gingen unter einem Dach bis zu einer großen Hütte, der Versammlungshütte. Hier fand alles wichtige statt, auch die Zeremonien.

Athras Valan stellt ein paar Figuren auf den Boden: die Göttin der Jagd, den Gott der Magie, den Gott des Kampfes und zuletzt die Statuette der Göttin des Wissens. Es muss wahrlich traurig aussehen, dachte sich Tyran, denn niemand war gekommen. Die Zeremonie begann, und der Weise fing an, elfische Gebete zu sprechen. Schließlich richtete er das Wort an Tyran, der die Zeremonie aufmerksam verfolgt hatte.» Tyran. Willst du den Segen der Götter empfangen und dich als ein wahrer Elf des Stammes der Taneth bezeichnen dürfen? «»Ja, Athras Valan, dies ist mein Wunsch«, erwiderte er aufgeregt und nicht ganz wahrheitsgemäß, aber er versuchte, es sich nicht anmerken zu lassen. »Dann bitte ich euch Götter: Nehmt euch dieses Elfen an, haltet ihn unter eurer Hand und stärkt ihn in Zeiten der Schwäche. « Zurück in seinem Zimmer hing Tyran seinen Gedanken nach. Niemand außer dem Ältesten hatte ihm gratuliert. Und das nur, weil er keine Eltern hatte. Auf einmal packte eine unbändige Wut den Elf. Was konnte er schon dafür, dass er nicht war wie die anderen? Was konnte er für den arroganten Stolz der Elfen auf das Blut in ihren Adern? So schnell, wie der Anfall aus verzweifelter Wut gekommen war, verschwand er auch wieder. Stattdessen machte sich ein Plan in seinem Kopf breit. Er packte ein wenig Trockenfleisch in seine Taschen und schnappte sich seinen Bogen und ein paar Pfeile. Und dann, ohne zu überlegen, was er tat, schlich er los. Im Wald angekommen begann er, schnell zu laufen. Er würde seine Eltern finden und zur Rede stellen. Tyran wusste nicht, woher das Gefühl kam, doch auf einmal war er sich todsicher, dass seine Eltern noch nicht tot waren. Das konnte nicht sein. Der Tag neigte sich bereits dem Ende zu, als ihn erste Zweifel packten. Wie konnte er sich so sicher sein, sie zu finden? Und wie sollte er seine Eltern finden, wenn es erst so weit war? Erschöpft ließ er sich nieder und verspeiste ein wenig von seinem Proviant. Vielleicht sollte er zurückkehren, zurück in seine Heimat. Da er sich nicht recht entschließen konnte, beschloss er, erst einmal zu schlafen. Der nächste Morgen begann wie immer mit dem Zwitschern der Vögel, und es dauerte eine Weile, bis der Elf Begriff, wo er war. Tyran beschloss, dass es sinnlos war, ohne jegliche Anhaltspunkte nach verschollenen Personen zu suchen. Also packte er seine Sachen und wollte losgehen. Da kam ihm der Gedanke, dass er nicht mehr wusste, aus welcher Richtung er gekommen war. Das dichte Blätterdach ließ nicht erkennen, wo die Sonne stand, und Spuren waren ebenfalls keine zu erkennen. Also lief er einfach los. Er legte nur wenige Pausen ein; um sich an einem Bach zu erfrischen und etwas zu essen. Schon den ganzen Tag war er gelaufen, da machte er Halt. Vor ihm stand eine wunderschöne Elfe, mit langem, blondem Haar und eisblauen Augen. Sie schien ihn mit ihrem Blick zu fesseln; keinen Schritt mehr konnte er sich bewegen. »Wer bist du? « brachte er nach kurzer Zeit heraus. Die Antwort kam nicht sofort, doch dann fragte sie: »Wie ist dein Name? «. Ihr Gesichtsausdruck zeugte von ihrer Unsicherheit, doch Tyran ließ sich davon nicht ab und antwortete ihr. »Mein Name ist Tyran«, sagte er knapp und lächelte sie an, »und wer seid ihr? « Ihre Antwort schien seltsam hart für eine so zierliche Person zu sein. »Ich bin die Prinzessin von Arlathian und Hüterin des Wissens. Ich heiße Miyura. « Ihm blieb der Mund offen stehen. »Was sucht eine Prinzessin ganz allein, ohne Begleitung, außerhalb der heimatlichen Stadtmauern?« Bevor sie eine Antwort geben konnte, kam ein Geräusch aus einem Holunderbusch links von ihnen. Ein kurzer Blick zu Miyura genügte Tyran, um zu sehen, dass sie dasselbe dachte wie er. Leise schlichen sie sich zu dem Gebüsch und drängten die Äste beiseite. Sie trauten ihren Augen kaum, als eine Kiste zum Vorschein kam. Sie musste dort schon sehr lange gelegen haben, denn die Scharniere waren stark verrostet, und als Miyura eines berührte, fiel es einfach von dem dunklen Holz ab wie ein trockenes Blatt von einem Baum. Vorsichtig schob Tyran den Deckel beiseite, und auf dem Boden der Kiste lag ein Buch mit der Überschrift »Die Magie der Elfen«. Sie schlugen das Buch auf, und dort waren Sätze, die sie nicht verstehen konnten, denn es war in ihnen unbekannten Zeichen geschrieben. »Es könnte altelfisch sein, dann wäre es sehr wertvoll!«, rief Miyura aus, doch Tyran starrte nur fasziniert die vergilbten Seiten an. Er dachte nicht im Geringsten daran, es zu verkaufen. Sie wollten sich gerade abwenden, da blitzte etwas in der Kiste auf. Dort lagen zwei Anhänger aus Silber, doch Zeit hatte ihm scheinbar nichts anhaben können. Bei genauerem hinschauen, erkannte der junge Elf, dass es sich um einen Pfeil und eine filigrane Flamme handelte. Miyura nahm sich den Pfeil, mit der Erklärung, dass sie das Bogenschießen liebte.

Tyran nahm die Flamme und betrachtete sie bewundernd. »Weißt du Miyura, ich liebe das Feuer. Es ist mächtig und vernichtend, und dafür muss die Flamme noch nicht einmal groß sein. Es erinnert mich an ein Lebewesen, so frei und unberechenbar, und ich könnte es den ganzen Tag betrachten. « Miyura nickte, ihren Blick fest auf den silbernen Pfeil in ihren Händen gerichtet. „Weshalb aber treibt sich eine Prinzessin so allein hier herum? Ihr müsst wahrlich bedeutend sein, doch kann ich keine Wachen entdecken«, fragte Tyran erneut, denn sie hatte noch immer nicht auf seine Frage geantwortet. Ein Seufzer entfuhr ihr, und sie murmelte etwas von einem Spaziergang, doch damit wollte er sich nicht zufriedengeben und fragte immer weiter. Ein weiterer Seufzer entfuhr ihr, bevor sie antwortete. »Du hast mich erwischt. Ich bin abgehauen, wollte Ruhe haben vor meinen Aufgaben. Ständig muss ich anwesend sein, wenn wichtige Feste gefeiert werden, was in Arlathian ja bekanntlich keine Seltenheit ist. Dabei sind es größtenteils Beförderungen oder politische Feste, und damit habe ich doch gar nichts zu tun! Aber wo wir gerade dabei sind, was suchst du hier? « Traurig blickte Tyran sie an, dann begann er erst stockend, dann immer schneller seine Geschichte zu erzählen. »Und ich möchte meine Eltern finden, wissen, weshalb sie mich im Wald haben liegen lassen. Ich glaube nicht, dass sie tot sind, ich habe dass Gefühl, dass ich sie finden kann, wenn ich es nur will!« Prinzessin Miyura hatte Mitleid mit ihm und beschloss, ihm zu helfen. Sie sagte: »Komm, wir gehen in meine Stadt, holen uns Vorräte und dann helfe ich dir, deine Eltern zu finden.« Erstaunt blickte der junge Elf auf. Solch selbstlose Güte hatte er schon lange nicht mehr erfahren. Dann gingen sie eine Weile durch den Birkenwald, bis sie auf einer großen Wiese ankamen. Ein Meer von Blüten aller Farben erstreckte sich vor ihm. Miyura pflückte viele Blumen, um sie mitzunehmen und Tyran schaute sich um und sagte: »Unfassbar schön die Welt außerhalb des Dorfes. Meine Eltern sind hier irgendwo und ich werde nicht aufgeben. Ich werde sie finden, egal was geschieht.« So vergingen 2 Stunden und sie kamen auf einen großen Berg, von dem sie runter in das Tal schauen konnten, auf die Stadt Arlathian. Tyran war sehr fasziniert von der Stadt und dem Aufbau der Häuser, ihm gefiel es hier. Alles kam ihm merkwürdig bekannt vor und plötzlich sah er in seinem Kopf Szenen, wie seine Eltern ihn auf die Wiese setzten und wegrannten. Hinter ihnen waren Wachen, die sie schlussendlich gefangen nahmen. »Miyura, wir müssen uns beeilen, bevor es dunkel wird. Sie machen sich sicher schon Sorgen!«, und so gingen beide in die Stadt. In der Stadt angekommen kamen alle Bürger der Stadt zu ihr und fragten sie, wo sie gewesen sei. »Es ist gerade eine Sitzung im

Königshaus. Sie vermissen dich!«Als das Volk den Jungen bemerkte, fragten sie:»Wer ist das?«, und die Prinzessin antworte jedem in einem sehr höflichen Ton:»Er ist ein Gast aus einem fernen Dorf.«Langsam meinte Tyran zu begreifen, was sie störte. Auf die vielen Fragen nach seinem Namen sagte sie:»Das ist Tyran. Er wird nicht lange hier bleiben.«Auf einmal stürzte eine hübsche Frau aus der Massenversammlung und sagte leise:»Ich habe meinen Sohn verloren! Er hieß auch Tyran...«, und plötzlich rannte sie weg. Miyura und Tyran wollten ihr hinterher rennen aber die Masse hinderte sie daran, denn sie hatte ihre Worte nicht vernommen. Miyura sagte zu Tyran »Du kannst heute bei mir übernachten, denn es ist schon sehr spät. Ich verspreche dir, dass wir sie suchen werden, in Ordnung? Wir werden morgen in der Morgendämmerung aufbrechen.«Dann schlief Tyran im Königspalast der Stadt. Er konnte nicht einschlafen, denn seine Gedanken schweiften ununterbrochen zu der hübschen Frau, die gesagt hatte, dass sie einen Sohn namens Tyran vermisse, doch Miyura merkte das und machte ihm einen Tee mit Kräutern und sagte ihm, dass er schlafen sollte, weil sie morgen einen langen Weg haben würden. Dann schliefen beide ein und so verging die Nacht. In der Morgendämmerung standen beide auf und packten ihre Sachen. Miyura holte aus der Küche viel Trockenfleisch für die Reise und Tyran ging zur Schmiede um Waffen zu kaufen. Er hatte viel Geld von Miyura bekommen. In der Schmiede angekommen sah er viele Waffen und sofort fiel ihm ein schlankes Schwert mit Feuersymbolen auf und er kaufte es. Dann ging er zu Miyura, die sich angezogen hatte. Sie trug eine schöne Lederrüstung und holte ihre Stiefel aus dem Schrank. Er fragte sie, was sie für eine Waffe mitnehmen wollte und sie antwortete:»Ich nehme meinen Bogen mit. « Stimmt, dachte Tyran, sie hatte gestern erwähnt, dass sie gern mit dem Bogen kämpfte. Als sie sich beide vorbereitet hatten, gingen sie gemeinsam zur Stadtgrenze. Bei der Stadtgrenze angekommen, sahen sie die Frau wieder, doch als sie sie bemerkte, flüchtete sie in den Wald. Tyran verständigte sich über einen Blick mit Miyura, und sie verfolgten sie. Dann sagte Tyran zu Miyura, dass er sie finden musste, damit er weiß was sie meinte mit dem Satz »Ich habe meinen Sohn verloren. « Als sie in den Wald gingen, sahen sie die hübsche Elfin an einem Baum, wie sie dort saß und weinte, bis sie die beiden Gefährten sah. Tyran ging zu ihr und fragte: »Wer seid ihr und wieso weint ihr? « Seine Stimme war voll mit Trauer, was sie zu merken schien, denn sie antwortete.»Ich weine, weil ich meinen Sohn verloren habe und du hast mich an ihn erinnert. Aber es kann nicht sein. « Sie sagte die Wahrheit, das merkte er, und Miyura entfernte sich langsam. »Wir legten ihn auf die Wiese, er sollte seine natürliche Verbindung zur Natur aufbauen. Man hat uns gefangen genommen und dann war er ganz

alleine in der Wildnis. Es kann nicht sein...« Tyran
beruhigte sie und sagte dann so sanft wie er konnte:
»Ich bin ein Waisenkind und ich... ich habe meine
Eltern genauso verloren. Man fand mich im Wald
und nahm mich auf.« Die Frau schaute mich
ungläubig an und umarmte den verblüfften Elfen,
denn sie hatte ihn als ihren Sohn erkannt. »Du bist
es... Nie gedacht...«, flüsterte Tyran. Auf einmal
jedoch wurde ihm klar, dass dies nur seine Mutter
war. »Wo ist mein Vater? Ist er... tot?« Seine Mutter
biss sich auf die Unterlippe, und Tyran meinte, eine
Träne in ihrem Augenwinkel zu erkennen.
Schließlich antwortete sie und sagte: »Dein Vater
schwebt in großer Gefahr, und ich
suchte dich, Tyran, dass du ihm hilfst! Dein Vater
ist aus der Gefangenschaft geflüchtet und wurde
dann in ein Gefangenenlager gebracht. Dort ist es
sehr schlimm, schon viele Elfen sind dort
gestorben. In diesem Gefängnis sind die
schlimmsten Elfen unserer Welt. Auch wird
dort schwarze Magie benutzt und das ist sehr
schlecht.« Sie erzählte ihrem Sohn von einem
großen Schloss im Norden. »Mach dich auf den
Weg Sohn, denn vorher werde ich meine Kraft
nicht wiederfinden. Mache dich auf, suche ihn und
bringe ihn zurück! Versprich mir, Sohn, dass du ihn
zurückbringst!« Ihre Stimme klang flehend, und so
umarmte er seine Mutter ein letztes Mal und
verabschiedete sich mit einem leisen »Ich
verspreche es.« Kaum hatte er Miyura eingeholt

und ihr die Geschichte erzählt, fiel sie ihm mit
einem lauten Freudenlaut in die Arme. Doch dann
wurde sie sich der Bedeutung seiner Aufgabe
bewusst, denn seine Mutter musste es schaffen!
Gefangenenlager galten als einbruchssicher, und ein
Ausbruch würde noch schwieriger
werden. »Wir sollten uns auf den Weg machen,
denn je früher wir aufbrechen, desto früher werden
wir zurückkehren. So machten sich Miyura
und Tyran auf dem Weg zum Nordausgang
von Arlathian. Als sie dort ankamen, standen zwei
gute Freunde von Miyura dort, ein kräftiger Krieger
und eine wahrscheinlich noch recht junge Elfin. Sie
erzählte Tyran von den zwei tapferen Elfen, die
an ihrer Seite kämpfen würden. Tyran fragte die
beiden nach ihren Namen und bekam Antworten,
die ihren Charakter anscheinend recht gut
widerspiegelten. »Ich heiße Narín. Sei gegrüßt«,
stellte sich der kräftige Krieger vor. Er trug eine
schwere Rüstung, einen Schild und ein breites
Schwert. Sein dunkles Haar fiel ihm in Strähnen
auf die Schultern, sein Blick war stumpf. »Hallo, ich
bin Shyvani, ich komme mit euch. Darf
ich deinen Namen wissen? Und womit kämpfst du?
Ich verwende meine Dolche«, sie zog zwei schlanke
Dolche hervor und offenbarte eine ganze
Sammlung an Wurfmessern in
inneren ihrer Lederrüstung, »und meine Messer.
Ach so, ich bin fünfzehn, aber ich bin schon fertig
mit meiner Kampfausbildung. « Das alles stürzte in

atemberaubender Geschwindigkeit
aus ihrem Mund, während ihr die roten Locken nur
so um den Kopf und die Schultern tanzten
und ihre Augen blitzten. Etwas verblüfft wandte
sich Tyran an Miyura. »Hat sie gesagt, dass sie mit
uns kommt? Weiß sie, worauf wir uns einlassen?
«»Du hast mir meine Fragen noch nicht
beantwortet. Und ja, ich komme mit, auch wenn ich
nicht weiß wohin, egal was ihr sagt. Es ist ein
Abenteuer und auf jeden Fall besser, als nur hier
herumzuhängen und Schmetterlinge in die Luft zu
starren!« Unwillkürlich musste Tyran grinsen.
»Also, ich bin Tyran, und ich kämpfe mit meinem
Schwert. Und meinetwegen darfst du mitkommen,
wenn Miyura nichts dagegen hat. Und es heißt
Löcher in die Luft starren.« Nun war es an
Shyvani, verblüfft zu schauen. »Wenn du meinst,
ich finde es mit Schmetterlingen schöner... Danke,
dass ich mitkommen darf. Narín, kommst du auch
mit?« Sie hatte es doch tatsächlich geschafft, dem
schweigsamen Elfen zum Grinsen zu bringen. Er
nickte leicht. »Wie sieht unser Plan aus?« Auf
einmal wurde ihnen klar, dass sie noch keinen
einzigen Gedanken daran verschwendet hatten. . .
»Wir haben noch keinen genauen Plan, doch wir
werden das Arbeitslager im Norden suchen, und
dort müssen wir meinen Vater finden. Passt bitte
auf euch auf, dort in der Wildnis lauern unzählige
Gefahren!« Also machten sie sich auf den Weg in
den dunklen Wald nach Norden. Tyran und Miyura

gingen vorne
und Narín und Shyvani hinten. »Shyvani?
Glaubst du, dass das gut ausgeht? Immerhin haben
wir vor, einen Elfen, über dessen körperlichen und
geistlichen Zustand nichts wissen, aus dem
schlimmster Gefangenenlager dieser Welt
zu befreien«, fragte Narín zweifelnd
an Shyvani gewandt. »Immer frohen Mutes, Narín,
wir werden ihn finden. Und ich glaube zwar nicht,
dass Tyran sich hier auskennt, aber Miyura tut es.
Außerdem ist er sehr willensstark und fester
Überzeugung, dass wir seinen Vater finden. « Etwas
unzufrieden mit dieser Antwort
bohrte Narín weiter. »Glaubst du er, wird ihn
finden, Shyvani? « Genervt seufzte sie
auf »Sprechen wir heute nicht über morgen,
sondern konzentrieren uns auf die Umgebung. Wir
sind im Freien, du solltest dir angewöhnen, etwas
vorsichtiger zu sein! « Bei diesen Worten brach
Narín in lautes Lachen aus. »Shyvani, glaubst du
ernsthaft, dass *du* berechtigt bist, mich über
Vorsicht zu belehren? Ich weiß, dass es hier vor
Gefahren wimmelt. « Auf einmal erschallte Tyrans
Stimme. »Kommt Leute, wir müssen weiter, bleibt
nicht zurück! «»In Ordnung, Tyran! «, rief Narín,
»Wir kommen gleich zu euch. Wir haben nur kurz
etwas besprochen. « Am vorderen Ende des Zuges
wandte Tyran sich Miyura zu. »Miyura, weißt du,
worüber sie sprechen? Ich möchte
nicht ihren Respekt verlieren, weil ich noch keinen

Plan habe.«Besorgt blickte er sie an.»Das glaube ich nicht, ich denke, es geht eher um Liebe. Aber sage ihnen nichts in Ordnung? Und... wo gehen wir jetzt hin? Es wird bald dunkel, und wir haben keinen Schlafort, hast du eine Idee, wo wir übernachten könnten?«Der Themenwechsel kam ihm gelegen, denn ihm war nicht nach einem Gespräch über Gefühle. Allerdings war das aktuelle Thema nicht weniger problematisch, im Gegenteil.»Wir könnten ja in dieser kleinen Höhle da drüben übernachten. Komm, wir gehen hinein und schauen uns das mal genauer an..«In der Höhle roch es komisch und die Wände waren voller Kratzer. Wasser tropfte in regelmäßigen Abständen von der Decke und die Umgebung sah aus, als wäre hier etwas Unheilvolles geschehen.»Miyura komm mal her und sieh dir das an!«, rief Tyran plötzlich aus.»Was hast du gefunden Tyran«, fragte Miyura besorgt.»Schau dir mal diese Höhle an. Sie ist sehr... seltsam.«Shyvani ging Seite an Seite mit Narín durch die Nacht. Es war ruhig, zu ruhig, kein Lüftchen regte sich. Die dunklen Wolken kamen hervor und es wurde langsam dunkel.»Ähm... Narín? Wo sind Miyura und Tyran? Sie waren doch eben noch hier! Was ist, wenn wir sie verloren haben? Narín, was sollen wir tun?«Panik machte sich in Shyvani breit. Sie hasste es, wenn nicht alle beisammen waren. Doch plötzlich hörten die beiden Geräusche aus dem

Süden. »Shyvani! Hast du das gehört? Komm und lass uns nachschauen, was da los ist, vielleicht finden wir Tyran und Miyura!« Als sie an der Stelle ankamen, von der die Geräusche kamen, stieß die junge Elfin einen spitzen Schrei aus. Von beiden Seiten kamen Pfeile auf sie zugeflogen. »Shyvani, schnell, komm zu mir! Versteck dich hinter mir und nimm das Schild! Halte es gegen meinen Rücken, los beeil dich!« Shyvani rannte so schnell sie konnte, doch auf einmal wurde sie gepackt. »Narín! Nein!«, schrie sie, als ein Pfeil sich in sein Bein bohrte. Noch einmal versuchte sie, sich loszureißen, doch der Griff verstärkte sich nur. Auf einmal sah sie aus dem Augenwinkel, wie ein weiterer Pfeil Narín traf. Eine unbändige Wut überkam sie und mit einem lauten Schrei schaffte sie es, sich aus den Fängen desjenigen, der sie festhielt, zu winden. Mit wenigen Sätzen stürzte sie zu der Stelle, an der ihr Gefährte gelegen hatte, um ihn zu rächen. Doch es war zu spät. Als die junge Kriegerin dort ankam, waren alle verschwunden. Helles Blut schimmerte an den Baumstämmen, und ein paar Schritte weiter breitete sich eine riesige Blutlache auf dem Boden aus. Mit wenigen Sätzen kam sie an der Blutlache an. In der Mitte lag Narín, bewusstlos, und aus einer Wunde an seinem Bein floss das Blut in Strömen. Sie achtete nicht mehr auf ihre Kleidung und kniete sich neben den Krieger. Mühsam schleppte sie ihn zu einem Baumstamm und lehnte ihn an. Dann riss sie ein

Stück ihres Unterkleides ab und versuchte, damit die Wunde zu verbinden. Doch sie war riesig, und so musste die tapfere Kämpferin ihr gesamtes Unterkleid opfern. Mit viel Mühe verband sie den schrecklichen Riss, was sich als äußerst kompliziert herausstellte, denn das Blut drängte aus der Wunde. So behutsam wie möglich stoppte sie die Blutung und flüsterte die ganze Zeit beruhigende Worte, doch eher um ihrer Willen. Ihre Wangen waren von Tränen überströmt, und ihre verzweifelten Schreie gingen im Wald unter. Also nahm sie sich zusammen und ging zum Waldweg und suchte Hilfe doch niemand war zu sehen. Leise schlich sich Shyvani zurück und erstarrte. Narín lag nicht mehr dort. Sie sah die Blutspuren auf dem Boden, die nach Norden führten, und verlor fast die Fassung. Shyvani, glaubst du ernsthaft, dass du berechtigt bist, mich über Vorsicht zu belehren? Diese Worte wanderten in ihrem Kopf umher. Er wusste, dass seine Gefährtin zu unvorsichtigen Taten neigte, und damit lag er nicht falsch. Denn nun nah sie sich ein Herz und folgte den schwachen Spuren aus Blut. »Tyran, was machen wir jetzt? Ich habe einen großen Hunger und es ist kalt. Wo bleiben die anderen eigentlich? « Besorgt starrte Miyura ihn an. »Ich weiß es leider nicht«, sagte Tyran, »ich gehe solange in den Wald und hole Feuerholz. Bleib du hier und egal was du hörst, komme nicht heraus, in Ordnung? «, fragte er. »Ja Tyran, ich bleibe hier, aber komm schnell zurück, es ist dunkel.«»Ja mach ich bis später!« Dann machte er sich auf den Weg in den Wald um Feuerholz zu holen.

~ Kapitel 2 ~

DER Mond leuchtete und die Blätter der Bäume wehten mit dem Wind entlang und das Flusswasser spritzte auf mich. Er sah die kleinen Fische im Fluss und schnitzte sich aus etwas Holz und einem spitzen Stein einen Speer. Damit versuchte er, die Fische zu fangen, doch es war sehr dunkel und deshalb sehr schwer, die Fische zu fangen. Doch plötzlich bemerkte er, wie kleine Leuchtbienen zu mir kamen, um mir den Ort zu erhellen. Tatsächlich schaffte er es, zwei kleine Fische zu fangen, aber sie waren sehr schleimig und rutschig und er konnte sie beinahe nicht halten; ein Fisch fiel auf den Boden. Dann holte er seinen Beutel und tat die Fische darein. Im Wald machte er sich daran, Feuerholz zu sammeln, aber es war dunkel und die Leuchtbienen waren verschwunden. Als er einen hübschen Stapel Feuerholz gesammelt hatte, schichtete er es sich auf den Arm und wollte zur Höhle zurückkehren. Doch plötzlich hörte er Schritte von mehreren Personen und Stimmen und versteckte sich hinter einem großen Busch. Nur kurz wollte er einen Blick auf die kleine Gruppe

werfen, doch als er es tat, übermannte ihn eine
kurze Vision. Jene Elfen, die dort standen, hatten
auch seine Eltern entführt. Dunkle Elfen nannte
man sie. Tyran keuchte auf und schlug sich im
nächsten Moment die Hand vor den Mund. Konnte
es wahr sein? Die dunklen Elfen sprachen über
zwei junge Elfen, die sie im Wald angegriffen
hatten.»Ah, dieses verfluchte Elfenweib hat mir
den Arm verdreht. «Einer der dunklen Elfen stand
mit schmerzverzerrtem Gesicht vor einem anderen.
»Haben wir wenigstens gute Beute gemacht?« Die
Worte jagten Tyran einen Schauer über den Rücken;
was wollten sie mit 'Beute' meinen?
»Wir habe nichts Gutes gefunden. Nur Proviant
und Waffen, mehr nicht.«»Hatten die Elfen die
Anhänger dabei?« Die Stimme des anscheinend
befehlshabenden Elfen war kalt wie die Nacht und
ohne jegliches Gefühl.»Nein, die Elfen hatten
keine Anhänger dabei. « Der Anführer schien
nervös zu werden.»Lass uns die Anhänger lieber so
schnell wie möglich auftreiben, sonst wird der
Meister wütend auf uns werden. Kommt schneller,
wir müssen uns beeilen. « Sie entfernten sich, und
als auch ihre Schritte verhallt waren,
richtete Tyran sich auf. Er hatte es nun sehr eilig, in
die Höhle zurückzukehren. Die Wölfe heulten und
ihm war sehr kalt, die Stämme der Bäume waren
zerkratzt, ganz, als wäre in dieser Gegend ein
Monster unterwegs. Dann kam er in der Höhle an
und es herrschte eine beunruhigende Stille in der

Höhle. Mit vor Angst zitternder Stimme rief er nach Miyura, doch sie antwortete ihm nicht, also ging er tiefer in die Höhle. Und da stand sie und las die Schriften an der Höhlenwand. »Was ist los Miyura? Weshalb hast du mir nicht geantwortet? «»Schau mal, was dort geschrieben steht. «Verwirrt schaute der Elf sie an. »Ich kann es nicht lesen, was steht dort? «Ohne ihm auch nur einen Blick zu schenken, erwiderte sie: »Das ist in altelfisch geschrieben und das kann ich auch nicht lesen, aber sieh dir die Zeichnungen an!«Auf den Zeichnungen waren Rituale abgebildet und ein geheimer Ort, an dem man anscheinend seine Kräfte entfesseln konnte. Auf einmal fiel sein Blick auf eine Ansammlung von Symbolen, und auf einmal holte Miyura ihren Anhänger hervor und verglich ihn mit der Zeichnung. »Wir haben die gleichen Anhänger wie auf den Zeichnungen, aber was kann das bedeuten? «Hilflos warf sie einen Blick auf Tyran, der ihr sogleich antwortete. »Ich bin ebenso ratlos, aber ich habe was anderes für dich. Denn ich habe uns Feuerholz und 2 Fische geholt. Da kamen auf einmal Elfen und ich habe mich schnell versteckt und ihnen gelauscht. Und dann kam wieder eine Vision ... Das waren dunkle Elfen, meine Eltern wurden auch von ihnen gefangen genommen. Und sie haben über 2 Elfen gesprochen, die sie ausgenommen haben. Ich glaube sie meinen Narín und Shyvani! Sie haben über Anhänger gesprochen und wir haben auch

Anhänger. Es könnte sein das sie die unseren, meinen. « Geschockt starrte Miyura ihn an. War das sein Ernst? Es schien so. »Das ist ja schrecklich, dann sind Narín und Shyvani in Gefahr, wir müssen ihnen helfen! « Panik erfüllte sie bei dem Gedanken daran, dass ihre Freunde tot sein könnten. »Wir wissen nicht, wo sie sind, beruhige dich Miyura. «, versuchte Tyran sie zu beschwichtigen, jedoch ohne Erfolg. «Wie soll ich mich bitte beruhigen, wenn unsere Freunde in Gefahr sind! « Ihre Augen hatten sich mit Tränen der Verzweiflung gefüllt. »Schau Miyura, wir werden uns morgen auf den Weg machen, um die beiden zu suchen, das verspreche ich dir! Aber wenn wir ihnen jetzt einfach kopflos und ohne Plan folgen, wird ihnen das auch nicht weiterhelfen! Ich habe Feuerholz und 2 Fische geholt, die ich jetzt braten werde. . « Das Versprechen schien die junge Prinzessin zu beruhigen. Tyran stellte das Feuerholz auf den Boden und zündete es gekonnt an. Dann briet er die Fische und Miyura legte sich auf seinen Arm, damit sie sich an der Feuerwärme wärmen konnte, wie sie sagte. Als der Fisch fertig gebraten war, gab er ihn Miyura und sie aßen zusammen. Gewärmt und gesättigt wurde Miyura schnell müde, und sie schlief noch in Tyrans Armen ein. Kurz danach schlief auch er ein und so verging die Nacht. In der Morgendämmerung zwitscherten die Vögel und der junge Elf erwachte. »Was für ein herrlicher Tag«, gähnte der Elf leise. Miyura schlief noch und Tyran weckte sie nicht, sondern ging zum Höhlenausgang und schaute in den wunderschönen Wald. Die Sonne strahlte ihm ins Gesicht und der leichte Morgenwind wehte ihm um die Ohren. Der Elf ging in den Wald, um Nahrung für den Tag zu suchen. Nicht viel später erblickte er einen mächtigen Baum mit großen, roten Früchten daran. Sie schienen essbar zu sein, denn er konnte kleine Löcher erkennen, die wahrscheinlich von Vögeln stammten. Er versuchte, den Baum zu erklettern, doch immer wieder rutschte er an der glatten Rinde ab. Nach kurzem Überlegen nahm er seinen Dolch, schnitt sich einen Ast ab und drosch damit den Ast mit den Früchten, an dem die seltsamen Früchte hingen ein. Als er sie gerade vom Boden aufsammeln wollte, meinte er, einen Schrei zu hören. Tyran spitzte seine Ohren und versuchte, sich zu erinnern, woher der Schrei gekommen war. Leise wie eine Katze suchte er sich seinen Weg durch den Wald, bis zum Ursprung des Lärms. Doch als er die kleine Lichtung betrat, von der der Schrei wahrscheinlich gekommen war, stockte er. Dort war niemand, doch in den Baumstämmen steckten Pfeile, welche verdächtig nach Pfeilen von Dunkelelfen aussahen, und ein großes Loch war in den Boden gegraben. Er ging zum Loch und sah, dass es einmal mit Blättern und Ästen bedeckt war, doch nur waren die eingeknickt. Als er in das Loch schaute, sah er ein kleines Elfenmädchen, das dort reingefallen war. Auf den ersten Blick sah er keine

Möglichkeit, sie zu retten, doch dann fiel ihm eine lange Wurzel auf, an der er versuchte, hinunterzuklettern. Es war schwer, denn die Wurzel war sehr dünn und schleimig, doch kurz darauf kam Tyran am Grund des Loches an. Er nahm das Mädchen in den Arm und kletterte unter einigen Mühen wieder aus dem Loch heraus. »Shh, alles ist gut. Du bist jetzt in Sicherheit. Sagst du mir deinen Namen?" Mit beruhigender Stimme redete der Elf auf sie ein. »Va... Valaria«, antwortete sie unter Zögern. »Wie bist du denn in das Loch gefallen? Ist dir etwas passiert? «Mit etwas festerer Stimme erwiderte sie nun: »Ich war auf der Flucht vor Dunkelelfen. Sie wollten mich fangen und haben mit Pfeilen auf mich geschossen, aber ich weiß nicht, wieso. Naja, und dann bin gestolpert, weil ich nicht aufgepasst habe, direkt hier hinein. Sie sind jetzt weg, einfach weiter gerannt. « Sorge breitete sich in Tyran aus. Also waren es wirklich Dunkelelfen gewesen. »Was willst du jetzt machen? Kommst du alleine zurecht? «»Nein. Ich weiß nicht was ich machen soll, ich weiß nicht einmal, wo ich bin, weil ich einfach nur gerannt bin und nicht geguckt habe. Kannst du mich vielleicht mitnehmen? « Kurz musste der Junge überlegen. Hatten sie genug Zeit und Nahrung, um auf das kleine Elfenmädchen aufzupassen? Doch ein Blick in das flehende Gesicht des Kindes reichte aus, um alle Zweifel beiseite zu fegen. »Es ist in Ordnung, du kannst mit mir kommen. Aber ich bin nicht allein. In unserer Höhle wartet Prinzessin Miyura auf mich. Sie wird sich freuen, dich zu sehen, ganz bestimmt. Aber wir werden viel reisen, das ist hoffentlich in Ordnung? « Das Gesicht des kleinen Mädchens begann zu strahlen.»Prinzessin Miyura ist bei dir? Wieso? Was macht eine Prinzessin hier im Wald?" Die Frage nach dem Reisen hatte sie komplett übergangen. Kurz musste Tyran schmunzeln, dann sagte er:»Sie ist mit mir gekommen, um mir auf der Suche nach meinem Vater zu helfen. Er wurde von dunkele Elfen gefangen genommen und ich möchte ihn befreien. Und jetzt komm, wir sollten zurückkehren. Bevor Miyura sich Sorgen macht. Auf dem Rückweg sammelten sie noch schnell die Früchte ein, um etwas zum essen zu haben. Als sie ankamen, war Miyura schon aufgestanden.»Guten Morgen Tyran. Wo warst du? Und wer ist das denn? « Ihr Lächeln verriet, dass sie sich freute, eine weitere Reisegefährtin zu haben.» Das ist Valaria, ich habe sie im Wald aus einer Lochfalle gerettet. Sie weiss nicht wo sie ist und deshalb habe ich sie mitgenommen. Sie würde gerne mit uns reisen, glaube ich. « Miyura neigte den Kopf, um ihr Einverständnis zu zeigen; so ganz schien sie ihre höfischen Angewohnheiten noch nicht abgelegt zu haben.»Wir haben eine Menge Früchte mitgebracht, die wir essen können. Und vielleicht mag Valaria uns ja etwas von ihr erzählen. Wie geht es dir? «»Mir geht es nicht so gut, ich habe meine

Eltern verloren bei einem Überfall von den Dunkelelfen. Sie sind durch unser Dorf gezogen und haben alle mitgenommen, das sie zu fassen kriegten. «Tränen schimmerten in ihren Augenwinkeln, doch sie tat ihr Bestes, um sie zu verstecken.»Tyran? Ist das nicht auch deinen Eltern passiert? Oder zumindest deinem Vater?" Ihre Augen blitzten vor Aufregung.»Ja, so ist es mir auch passiert.«Auf einmal regte sich Valaria.»Tyran und Miyura, darf ich euch ein Geheimnis erzählen? « Ihre Stimme schien vor Aufregung zu zittern.»Ja, du kannst uns alles erzählen, was dich bedrückt. Und damit meine ich wirklich alles.«Die Gesichtszüge der jungen Elfe entspannten sich.»Ich hoffe, ich kann euch vertrauen. « Valaria kam näher zu den beiden.»Kennt ihr das Orakel? «Etwas irritiert antwortete Miyura als erstes.»Natürlich kenne ich das Orakel. «Etwas irritiert antwortete Miyura als erstes.»Natürlich kenne ich das Orakel. «Ich kenne das Orakel von meinem Stiefvater«, antwortete Tyran mit einem misstrauischen Seitenblick auf Miyura und Valaria.»Tyran«, rief Miyura verblüfft,»sag die Wahrheit! Was verschweigst du uns? «

Sofort gab Tyran zurück:»Beruhige dich, ich habe schon lange nichts mehr über das Orakel gehört. « Beschwichtigend hob er die Hände.»Und? War es so schwierig mir die Wahrheit zu sagen? Nach mein Wissen nach kann ich dir versichern das dieses Orakel nicht existiert, das ist nur eine Legende. «

Valaria wendete den Blick ab und wartete angespannt auf die Antwort von Tyran. Miyura blickte finster drein, sagte aber nichts. »Miyura, das Orakel gibt es«, erläuterte Tyran. »Solange die Sonne noch nicht untergegangen ist, können wir uns noch auf den Weg machen. Es finden und fragen, wie es weitergeht. «Nun war die Prinzessin endgültig verwirrt. »Erläutere deinen Vorschlag genauer«, sagte Miyura. »Ich muss genau wissen, was ihr vorhabt, ehe ich mit euch mit komme. «Valaria erklärte Miyura von dem Orakel und Tyran seufzte innerlich vor Erleichterung. Zumindest lehnte er die Neugier von Miyura nicht ab und versuchte offen mit ihr zu sein, weil das die einzige Chance war, sie zu überreden mitzukommen. Es hing nun von Miyura ab, ob sie mitkommen wollte oder nicht. Aber Tyrans Blick verriet seine felsenfeste Entschlossenheit. »Aber dir ist bewusst, dass ich dich nicht hier lassen werde, auch wenn du nicht mitkommen möchtest. «Miyura lächelte bitter und schüttelte den Kopf. »Das könnt ihr gerne versuchen, aber ich rate euch davon ab. «Die Stimmung war gesunken. »Miyura, bitte denk über die möglichen Folgen deiner Entscheidung nach. «Unschuldig tippte sie mit dem Fuß auf den Boden. Die Warterei machte sie nervös. »Ist es gefährlich? «, fragte sie nach einer Weile. »Nein, denn ich weiss, was zu tun ist. «erklärte Valaria ohne zu zögern. »Ich bitte dich nur darum kein unnötiges Risiko einzugehen. Ich vertraue dir Valaria und wenn du sagst, dass uns nichts passiert, sehe ich keinen Grund, dagegen zu sein. « Erleichtert atmete Tyran aus. »Valaria, wir brechen gleich auf, um Nahrung für die Reise zu suchen. Ruhe dich hinten in der Höhle aus, aber verlasse sie nicht. « Tyran und Miyura gingen in den Wald. »Ich hoffe, du hast einen guten Plan, wie wir die Nacht überstehen. « Tyran trat zu ihr. »Wir suchen uns ein Reh und erlegen es. « Nach einer halben Stunde wollten sie die Suche gerade abbrechen, da tauchte ein kleineres Reh nur wenige Meter von ihnen aus dem Dickicht auf. Nur wenige Momente später war es zusammengebrochen; Miyura hatte es direkt ins Herz getroffen. Tyran nahm das tote Reh mit zur Höhle und sie bereiteten alles vor für das Festmahl. Auf einmal wachte Narín auf. Er schien auf einem Wagen zu liegen und es war dunkel, bis auf die Sonnenstrahlen, welche durch die schmalen Ritzen der Holzwände fielen. Die Lage war hoffnungslos, er konnte sich nicht bewegen und war an den Händen und Füssen gefesselt. Schließlich stellte er fest, dass an der Wagenseite eine spitzte, Kante war. Er rutschte auf dem Bauch bis an diese Kante, hob seine Hände und schnitt das Seil, das seine Hände fast abschnürte, dort ab. Dann öffnete er die Fesseln um seine Fußgelenke und hörte den Dunkelelfen zu. »Wo wart ihr, als wir euch brauchten? « Die Stimme klang ziemlich wütend. »Wir waren nicht da, weil wir euch keine große Hilfe sein konnten. Wir konnten keine Magie wirken, und ohne die Hilfe der Magie sind uns die Hände gebunden das weißt du! Meine Männer in so eine Umgebung zu lassen wäre ein Todesurteil und das werde ich niemanden zumuten. „Der andere Elf schnaubte. »Wir brauchen jeden Mann, um im Falle eines Angriffs unsere Grenzen zu halten. « Der Konflikt wurde immer hitziger. „Aber wir können nichts in diesen Umgebungen machen, weil unsere Magie dort nicht wirkt! « Narín kam der Gedanke, dass er nicht gern an der Stelle des anderen Elfen wäre. »Wir sind gleich in der dunklen Festung, nur noch ein kleiner Weg. Dort könnt ihr dann eure heiß geliebte Magie wieder wirken. « Er konnte diesen Quatsch nicht mehr ertragen und schlug gegen die Wagentür, mit dem unangenehmen Effekt, dass er durch das schnelle Nachgeben des Holzes auf den harten Boden fiel. Die Dunkelelfen kamen wieder zurück, doch er sprang geschickt auf seine Füße und rannte weg, so schnell, wie er nur konnte, und versteckte sich im Wald auf einem mächtigen, alten Baum. Sehr schlau schienen die Dunkelelfen wohl nicht zu sein, denn sie gaben die Suche schnell auf, als sie ihn nicht entdeckten. Nachdem Narín eine Weile gewartet hatte, nur um sicherzugehen, ging er zum Waldrand und entdeckte eine große Wiese. Erschöpft und mit schmerzenden Gliedern ob des langen Aufenthaltes im Wagen legte er sich hin, und es dauerte nicht lang, da war er eingeschlafen. Plötzlich weckte ihn eine zierliche Stimme, und als er die Augen öffnete, sah er einen alten Mann, der ihm in die Augen blickte. »Was tust du allein hier draußen, und wie ist dein Name?« Interessiert musterte ihn der Alte. »Mein Name ist Narín, und ich weiß, nicht mehr wo ich hingehen soll. Ich bin hier einfach eingeschlafen.« Der Mann lächelte ihn an. »Willst du mit mir, kommen Narín?« Etwas misstrauisch, aber erleichtert ob der Aussicht, ein Bad nehmen zu können, stimmte er zu. »Mein Name ist übrigens Amras«, erklärte der Mann ihm. »Wo wollt ihr mich hinbringen?«, fragte Narín. »Das wirst du gleich sehen«, erklärte Amras, und danach schwieg er. Eine Stunde schon waren sie schweigend nebeneinander hergelaufen, dann fing es auf einmal an zu regnen, doch der Regen war angenehm und warm. Es war ein langer Weg für beide, doch plötzlich standen sie vor einer kleinen Holzhütte. Drinnen angekommen sah sich Narín erst mal um. Er sah viele Behälter, von riesigen Flaschen bis hin zu winzigen Phiolen, und jedes Gefäß war mit einer andersfarbigen Flüssigkeit gefüllt. Ein Schaukelstuhl stand in der Ecke, und auf der Wiese vor dem Fenster galoppierte ein Pferd. »Folge mir, Narín«, sagte der alte Mann aufgeregt, »ich will dir was zeigen.« Sie gingen in den Keller, und als sie unten angekommen waren, erstarrte Narín angesichts der unglaublichen Vielfalt an Waffen. Er sah sich um

und dann sagte der alte Mann: »Nimm dir eine
Waffe, irgendeine.« Verblüfft starrte der
Elf Amras an. »Wieso wollt ihr, dass ich mir eine
Waffe nehme? Ich verstehe euch nicht. Jedermann
beschützt schon ein einfaches Übungsschwert, und
ich darf aus einer riesigen Auswahl erstklassiger
Waffen einfach eine wählen?
« Zu Naríns erstaunen begann der Alte zu
lachen.»Wie willst du denn ohne eine Waffe
trainieren und deine Fähigkeiten verbessern? Für
den Kampf gegen die Dunkelelfen braucht es mehr
als eine Grundausbildung, selbst
wenn du mit deinen Freunden Seite an Seite
kämpfst.« Zögernd nahm er sich eine Waffe und
warf dem alten Mann einen bedeutsamen Blick
zu.»Ich sehe, dass du angegriffen wurdest und
von deiner Gruppe getrennt wurdest. Du hast
tapfer gekämpft, musst aber noch sehr viel lernen. «
Noch immer lächelte Amras, als wäre er gerade in
einen Fluss voll Glück gefallen.»Wie wisst ihr, was
mir passiert ist? « Erneut begann Amras zu
lachen.»Ich bin ein Hellseher und konnte
mir deine Geschehnisse ansehen. Ich weiß, wie es
für dich weitergehen muss. « Noch immer
verwundert fragte Narín: »Wie soll ich anfangen zu
trainieren ohne einen festen Plan? «»Ich
werde dich lehren und dir die Kampfkunst
beibringen. «»Aber bevor wir anfangen zu
trainieren, möchte ich noch zu meiner
Freundin Shyvani. Ich kann sie doch nicht alleine

lassen; sie könnte in Gefahr sein.»Nachdem ich dir deine Freundin gezeigt habe, müssen wir sofort mit dem Training anfangen. «Erfreut und ein wenig aufgeregt willigte Narín ein und sie gingen zur Kugel. Leise murmelte Amras etwas vor sich hin, und auf einmal schien eine Art Nebel in der Kugel aufzutauchen. Es nahm Farbe an, und immer deutlicher konnte er Shyvani, Miyura und Tyran sehen, aber auch eine kleine Gestalt, die er noch nicht kannte. Merkwürdig. Auf einmal riss Amras ihn aus seinen Gedanken.»Nun, wir sollten mit dem Training beginnen, meinst du nicht? «Erschrocken wirbelte Narín herum, als Amras ihm ein schlankes Holzschwert zuwarf. Einem Reflex folgend, streckte er seinen Arm aus und fing das Schwert aus der Luft.»Gut so«, lobte sein Lehrmeister.»Wir beginnen mit einem Holzschwert, um die Puppe«, er deutete auf ein einem Sack nicht unähnliches Gebilde am anderen Ende des Raumes,»nicht zu zerstören. Ich habe lange gebraucht, um sie komplett mit einem Leder zu verkleiden, dass simuliert, wie fest die Haut eines Elfen ist. Greif sie einfach an. «Stundenlang probierte er neue Techniken und erfand bald seine eigene, doch dann kam Amras und verbesserte ihn, und so trainierten sie gemeinsam weiter. Der Abend begann schon zu dämmern, als Narín der Puppe keuchend den letzten Schlag verpasste.»Wir haben heute genug trainiert. Es wird bald dunkel werden, und in dieser Gegend gibt es Wilde und aggressive Tiere, deshalb sollten wir in die Hütte gehen. Setze dich dort in Ruhe hin, ich werde etwas jagen. «Zu erschöpft, um zu antworten, folgte der Elf dem Alten in die Hütte und ließ sich auf sein Geheiß auf einen Stuhl sinken. Während er wartete, schaute er sich ein wenig in der Hütte um und erkannte ein paar Sachen. Ein merkwürdiges Bild beispielsweise, welches gar keinen Sinn ergab, oder einen Stuhl ohne Lehne. An der Wand hing eine Art zu groß geratener Dolch. Schnell wurde er müde, doch als er sich gerade hinlegen wollte, vernahm er merkwürdige Geräusche. Etwas verwundert ging er ihnen nach und gelangte in den Raum mit der Magier Kugel. Auf einmal erblickte er seine Freunde, aber nicht allein. Sie wurden von Dunkelelfen überfallen, und es schien nicht sehr gut um sie zu stehen. Doch dann verblasste das Bild und ließ Narín beunruhigt und allein stehen. Als er wieder in das warme Wohnzimmer kam, war Amras schon wieder zu Hause. Seine Jagd schien erfolgreich gewesen zu sein; er hatte viel Fleisch und einen großen Fisch dabei.»Soll ich euch zur Hand gehen? «, fragte er den alten Mann.»Nein, schon in Ordnung, ich mache das. « Er schaute Narín mit schiefem Blick an.»Und nun setze dich«, sagte er und lächelte. Narín ging geschwind zum Tisch und setzte sich. Kurze Zeit später fragte Amras:»Was möchtest du essen? Ich

habe Reh, Hase und etwas Fisch. « Narín lächelte.
»Von allem etwas«, erwiderte er, und der Alte
schmunzelte amüsiert. Dann aßen sie gemeinsam,
bis beide gesättigt waren. Der Morgen dämmerte
bereits, als Narín sich von seinem Bett
erhob. Amras hatte es gestern Abend noch für ihn
eingerichtet, und der junge Elf hatte so gut wie
selten darin geschlafen. Verschlafen rieb er sich die
Augen und ging auf eines der vielen Fenster in
seinem Raum zu. Dort draußen sah er auf
einmal Amras, der sich, anscheinend
ebenfalls verschlafen, auf der Wiese streckte. Auf
einmal erstarrte er, und Narín folgte seinem Blick.
Nicht weit entfernt stand ein Narín seltsam
bekanntes Gefährt. Dunkelelfen dachte er
erschrocken, als er die schlanken Körper erkannte.
Und dann erkannte er, dass sie eine Elfe
anzugreifen schienen, und er wollte gerade aus der
Hütte laufen, da sah er Amras auf die Dunkelelfen
zulaufen. Die Dunkelelfen drehten sich um und
gingen auf den Alten los, doch
plötzlich, Narín konnte nicht sagen wie, weil es so
schnell ging, hatte er sie alle außer Gefecht
gesetzt. Amras ging zu dem hilflosen Elfenweib
und schien mit ihr zu reden, denn sie nickte und
verschwand kurz darauf im Wald. Als der Alte sich
umdrehte, sah er Narín ihn beobachten. Er kehrte
zur Hütte zurück, wo der junge Elf ihn schon
erwartete. »Wie habt ihr das gemacht«, fragte er,
noch immer verwundert ob der kurzen

Kampfeinlage. »Ich habe nur wenige meiner Fähigkeiten genutzt. Man muss dafür nicht einmal stark sein, denn sie sind nicht so gut, wie sie scheinen. Ihre Bogenkünste sind begrenzt, und wenn sie an ein Schwert gelangen, dann halten sie es wie einen Kochlöffel. Ihre einzige mächtige Waffe ist die Magie, und die können sie in diesem Gebiet«, er breitete seine Arme aus, »nicht wirken. « Nun grinste er wieder. »Aber wie habt ihr es geschafft, ihre Magie hier zu unterbinden? « Amras antwortete: »Ich habe in dieser Gegend einen Schild aufgestellt und somit die Magie aller Wesen geblockt. Man kann ihn nicht sehen, ich glaube, sie wissen nicht einmal, dass es einen Zauber gibt, der ihnen das verbietet. Aber der Schild zehrt an meiner Kraft, denn er ist groß und mächtig. «Für wenige Momente schien er erschöpft zu sein, doch als Narín erneut in seine Augen sah, war er sich nicht mehr sicher, ob er es sich vielleicht nicht doch nur eingebildet hatte. »Wie ist das möglich«, fragte Narín und der alte Mann antwortete: »Das ist ein uralter Zauber, aber ich glaube nicht, dass du schon bereit bist, ihn zu erlernen. Ich denke, dass wir weiterhin mit dem Schwert arbeiten werden. Bevor wir aber wieder anfangen, zu trainieren, sollten wir etwas essen. « »Wieso isst du nichts? Ein Krieger muss stets darauf achten, genug zu essen! « Amras schien ehrlich besorgt um Narín zu sein. »Mich beschäftigt der Gedanke, den Schildzauber zu beherrschen.

Ich dachte, mit ein wenig Übung kann jeder Elf
Magie meistern. Wieso könnt ihr es mir nicht
beibringen?« Der Alte schwieg, er schien
nachzudenken. Lange schwieg er, und Narín fragte
nicht noch einmal, aus Angst, ihn zu verärgern.
Auf einmal erhob Amras seine Stimme:
„Heute Nachmittag werden wir uns auf den Weg
zum Schrein machen. Wir werden eine ganze Zeit
laufen, doch wenn du es wirklich willst, sollte
dir das nichts ausmachen. Aber
als erstes brauchen wir ein wenig Vorbereitung.
Bitte geh in den Wald und pflücke ein paar Beeren.
„Offensichtlich leicht verärgert
fragte Narín:»Brauchen wir sie denn
unbedingt? Können wir nicht einfach so gehen?
Wozu sollte man denn bitte Beeren brauchen?«
Das Lächeln verschwand aus Amras' Gesicht.
»Selbstverständlich brauchen wir keine Beeren,
doch ich esse gerne welche, und du wärst mir sonst
nur im Weg hier. « Entrüstet wandte der junge Elf
sich ab. Wie konnte der alte Mann es wagen... Aber
er hielt es für sinnvoller, auf ihn zu hören und ging
bedächtigen Schrittes dem Wald entgegen. Als er
zurückkehrte, wurde er anscheinend schon
erwartet, denn Amras saß auf der Schwelle seines
Hauses, neben ihm ein grauer Beutel, der sehr
schwer schien.»Nun, Junge, hast du die Beeren?«
Er warf einen Blick in Naríns ledernen Beutel und
schien zufrieden. Dann erhob er sich ohne ein
weiteres Wort und hielt festen Schrittes auf den

Wald zu. Eine Stunde liefen sie, stillschweigend, und lauschten den Klängen der Natur. Dann hielten sie kurz und aßen ein paar der saftigen Beeren, bevor sie ihren Weg fortsetzten. Nach einer weiteren Stunde wurde Amras endlich langsamer und hielt an etwas, das aussah wie ein merkwürdig geformter Brunnen. »Dies ist ein Schrein, ein uralter Quell der Magie.« Dann legte er den Beutel nieder, öffnete ihn und zum Vorschein kamen – Steine. »Dieser Brunnen ist heilig und – es mag merkwürdig klingen – wir werden die Steine jetzt hier hineinlegen.« Dann ging er zum Brunnen und fing an, die Steine vorsichtig hineinzulegen.

»Komm jetzt, Narín, du wolltest es lernen, also hilf mir« Als sie alle Steine hineingelegt hatten, trat Amras zurück, und der junge Elf tat es ihm gleich. Und auf einmal spürte Narín, dass es wärmer wurde, als hätte jemand in ihm ein Feuer entzündet. Doch bevor er sich darüber wundern konnte, schoss ein Lichtstrahl in die Höhe. Erschrocken taumelte er zurück, doch Amras fing ihn auf und sagte: »Berühre das Licht, und zucke nicht zurück, wenn es schmerzen sollte.« Narín trat zwei Schritte vor, streckte den Arm aus und berührte zögernd den Lichtstrahl. Währenddessen murmelte Amras etwas vor sich hin, und auf einmal leuchtete Naríns ganzer Körper für den Bruchteil einer Sekunde auf, dann erlosch das Licht wieder. »Geht es dir gut? Du besitzt nun die Fähigkeit, den Barrieren Zauber und später auch andere Zauber zu meistern. Aber nun werden wir zurückgehen und sehen, ob du diese Fähigkeit auch im Kampf einsetzen kannst. «Dann machten sie sich wieder auf den Weg in die Hütte. Dort angekommen, erklärte der alte Mann:»Jetzt fangen wir mal richtig mit dem Training an. Konzentriere dich und lasse deine Energie freien Lauf. Magie zu wirken besteht nicht daraus, an sie zu *denken*, sondern eher daraus, sie zu *spüren*. Lasse dich von ihr erfüllen, von den Zehen in die Fingerspitzen und in den Kopf. Sie darf dich aber nicht kontrollieren, da musst du aufpassen. «Narín versuchte mehrmals, es hinzukriegen, aber es klappte nie. Leicht frustriert arbeitete er immer weiter, bis in die frühen Abendstunden.»Narín, wenn du dich nicht richtig konzentrierst, wird das zu nichts führen. Also bitte konzentriere dich und lasse dich von der Magie überrollen, behalte sie aber unter Kontrolle. «Plötzlich packte Narín eine unbändige Wut. Einem Impuls folgend hob er die rechte Hand, und auf einmal breitete sich von seiner Handfläche ausgehend ein goldener Schimmer aus.»Ja, so ist es gut! Behindere die Magie nicht auf ihrem Weg hinaus, sonst wirst du den Schild nicht lange halten können!« Doch der Elf spürte, wie ihm die Kräfte ausgingen. Er riss die Hand herunter, der Schild erlosch, und der Narín spürte, wie die Dunkelheit ihn umgab.

Langsam fing Shyvani an, sich Sorgen zu machen. Sie war nun schon sehr lange in Richtung Norden gelaufen, doch bisher hatte sie keine Spur von ihren Freunden gefunden. Sie sah sich um. Das einzige, was sie sehen konnte, waren trockene Blätter und dunkle Wolken, welche ein Unwetter ankündigten.

~ Kapitel 3 ~

EIN paar Minuten später kehrte sie um und gelangte wenig später an die Stelle, an der sie Narín verloren hatte; sie war anscheinend doch nicht geradewegs nach Norden gelaufen, sondern im Kreis. Sie ging ein paar Meter weiter und sah einen merkwürdigen Höhleneingang. Misstrauisch sah sie sich um und erblickte dann ein noch nicht ganz ausgebranntes Lagerfeuer. »Shyvani! Hier!« Sie wirbelte herum und erkannte Tyran und Miyura. »Ihr seid gesund«, rief die junge Elfe und lief mit Tränen in den Augen auf die beiden zu. Als sie bei den beiden angekommen war, wurden alle in eine feste Umarmung gezogen und festgedrückt. »Wo wart ihr denn, wir haben uns solche Sorgen um euch gemacht« keuchte Miyura. »Narín und ich, wir... wir wurden von Dunkelelfen überfallen. Sie haben ihn verwundet, und ich wollte Hilfe holen, aber ich habe keine gefunden und dann habe ich ihn nicht mehr gefunden, sie müssen ihn mitgenommen haben aber – « Auf einmal verstummte sie, und Dunkelheit überrollte sie.

»Schnell Miyura, hol Wasser, und nimm Valaria mit!
Ich lege sie hin." Seine Stimme war hektisch. Kurz
darauf kamen die beiden zurück mit großen,
runden Blättern voll mit Wasser. Miyura trat
zu Shyvani und tropfte das Wasser auf ihr Gesicht.
Sie rührte sich nicht, und mit einem entsetzten
Keuchen sprang Tyran auf. »Wie kann das sein? Sie
wird doch nicht...« Miyura versuchte alles,
um sie wieder aufzuwecken, doch alle ihre Versuche
brachten nichts. Miyura erklärte Tyran, dass die
junge Elfe eine schwere Zeit hinter sich hatte
und ihr Körper nur überfordert war, doch davon
wollte Tyran nichts wissen. Auf einmal
kam Shyvani wieder zu Bewusstsein und stand auf.
Schneller als alle anderen war Valaria bei ihr und
drückte sie sanft wieder auf das dicke
Lederpolster. »Shh, du musst dich ausruhen. Wir
werden durch den Wald patrouillieren um Narín zu
finden, nicht, Tyran?« Flehend sah sie ihn an, denn
er war ihr in den wenigen Tagen, die sie sich nun
kannten, wie zu einem Bruder geworden. Dann
machten sich die Elfen auf den Weg in den Wald
und suchten nach Hinweisen von Narín. Sie fanden
nichts außer Blut an der Stelle, wo er angegriffen
wurde. Es gab auch keinerlei Spuren von Wagen
der Dunkelelfen. Dann wurde es langsam dunkel,
und sie kehrten wieder in die Höhle zurück und
brieten das Fleisch. Pünktlich zum Essen
erwachte Shyvani wieder, und dann saßen sie alle
zusammen und aßen stillschweigend. »Das Fleisch

ist sehr gut. Und...naja, habt ihr Hinweise gefunden? Irgendwelche Spuren?« Tyran konnte an ihren Augen erkennen, dass Narín ihr sehr wichtig war. »Nein wir haben leider keine Spuren gefunden. Wir hoffen, dass es Narín gut geht, aber wir werden bald aufbrechen und das Orakel aufsuchen.« Shyvani schaute wohl etwas verwundert, denn Valaria erzählte ihr sofort von dem Orakel. Dann stellte sie sich vor. »Dann lasst uns jetzt aufbrechen und Narín suchen, bevor wir morgen von hier weggehen!« Miyura wand ein: »Wir sind müde, du solltest auch noch einmal schlafen und in der Dunkelheit finden wir ihn eh nicht. Und du weißt, dass er schlau genug ist, nicht laut durch den Wald zu brüllen. Also werden wir einfach hoffen, dass es ihm gut geht.

« Shyvani akzeptierte die Meinung von Miyura und aß leise weiter, doch man konnte an ihrem Gesichtsausdruck sehen, dass sie sich große Sorgen machte und lieber jetzt als gleich aufspringen würde, um ihn zu suchen. Auf einmal schlug Valaria vor, das Orakel auch nach Narín zu befragen, und so schien Shyvani wenigstens etwas beruhigt. Ohne zu murren, legte sie sich wie alle anderen schlafen. Am nächsten Morgen wurde Tyran von den zwitschernden Vögeln geweckt. Er ging zum Höhlenausgang und betrachtete die Umgebung, als ihn eine schwarze Rauchwolke auffiel. Er spielte mit dem Gedanken, einfach in die Richtung der Rauchsäule zu gehen, um ihr

Geheimnis aufzudecken, doch dann hörte er, wie eine der Elfen erwachte. Als seine Augen sich wieder an die Dunkelheit gewöhnt hatten, erkannte er, dass es Miyura war, die ihn böse anstarrte. »Was hast du dort draußen gemacht?« Er sah sie zurückhaltend an und erwiderte, dass er nur einen Blick in den Wald werfen wollte. Als alle aufgestanden waren, sagte Tyran: »Wir werden unseren Proviant auf der Reise suchen, dann müssen wir nicht so viel tragen.« Tyran ging voraus und die anderen folgten ihm. Es war ein sehr schöner Tag für die Reisenden, die Sonne strahlte ihnen ins Gesicht und die Blätter wirbelten durch den Wind. Leise fluchte Shyvani vor sich hin und sagte, dass dieser Angriff sie völlig verwirrt hatte und sie nicht mehr wusste, was zu tun war. Das letzte woran sie sich erinnern konnte, war der notdürftige Verband, welchen sie Narín angelegt hatte. Danach, so erzählte sie ihm, war sie nur aus der Suche nach einem sicheren Platz für sie beide gewesen. Tyran presste die Lippen aufeinander, denn auch wenn Shyvani nichts dafür konnte, war er wütend und erwiderte ihr, dass sie besser auf Narín aufpassen musste, weil er verletzt war. Tyran verzog sich nach vorne und hinter ihm erklang die Stimme von ihrer Freundin Miyura. »Shyvani wir müssen reden.« Sie presste die Lippen aufeinander, und sagte zu Miyura, dass w kein Gespräch führen konnte, und ließ sich zurückfallen. Nach mehreren Wegstunden gelangten sie schließlich an den Rand einer Schlucht. Sie war sehr gewaltig, und auf ihrem Grund lagen viele Steine, und Tyran meinte, den Eingang zu einer Höhle zu erkennen. Valaria verkündete laut, dass sie an der Schlucht angekommen waren, in der die Kristallhöhle lag, durch die sie gelangen mussten, um ihren Weg zum Orakel fortzusetzen. Valaria stieg als erste in die Schlucht und musste enorme Schritte machen, denn es war sehr schwer, sicher nach unter zu gelangen, denn die Steine waren locker und brüchig. Doch mit geschickten Schritten gelangte sie zum Grund der Schlucht und schaute nach oben zu den anderen.»Ich sehe, ihr traut euch nicht, nach unten zu kommen". Sie schien ihn mit ihrem Blick zu fesseln, sodass Tyran mit einem flotten Sprung auf den brüchigen Steinen landete und sein Bein stecken blieb.»Du kannst vom Glück reden, das du nicht heruntergefallen bist. Sei ein wenig vorsichtiger. « Nun etwas aufmerksamer kletterte er nach unten zum Grund der Schlucht. Als er unten ankam, war Miyura schon unten. Miyura sagte:»Tyran, ich bin schon vor dir hier unten und Shyvani ist auch vor dir hier! Das war ja mal ein leichter Weg, aber wieso bist du denn so spät? « Shyvanis helles Lachen riss ihn aus seiner Starre, und er lachte ebenfalls, bis Valaria sie ermahnte. So brachen sie wieder auf und gingen zum Höhleneingang. Als die Elfen in die Höhle blickten, sahen sie riesige Kristalle, die an den Höhlendecken und Wänden hingen und in einem blauen Licht ton schimmerten. Als sie in die Höhle gingen, sagte Valaria mit leiser Stimme:»Wir müssen sehr aufpassen, weil es hier Kristalle gibt, die, wenn man zu laut ist, auf den Boden fallen können. Seht euch die, spitzen an, wenn sie uns unglücklich treffen, sind sie tödlich.« Dann gingen die Elfen mit leisen Schritten voran. Miyura schaute sich die Kristalle an und flüsterte:»Sie sind wunderschön! Es sieht aus wie zur Hochzeit meiner Eltern.« Valaria beschloss, vorzugehen und die Elfen durch die Höhle zu leiten.»Wo gehen wir überhaupt hin?«Valarias Antwort sagte, dass sie durch die Höhle gehen müssen, um dann auf die andere Seite in den magischen Wald zu gelangen. Dann sah Tyran nach hinten. Miyura redete mit Shyvani und Valaria ging festen Schrittes geradeaus. Auf einmal knackte es unter seinen Füßen, er sah nach unten und erkannte ein kleines Knochenhäufchen. Dann schaute er sich die Kristalle an und entdeckte einen merkwürdigen Kristall. Der Kristall leuchtete in einer grünen Farbe. Tyran wollte den Kristall nehmen, doch dann hörte er Valaria ganz leise rufen:»Nein! Tyran nimm den Kristall nicht!« Wütend sah er das kleine Elfenkind an.»Wieso denn nicht?«Valaria erklärte Tyran, dass es ein Zauber war. Er verwirrte die Gedanken und sollte dazu verleiten, den Stein zu nehmen, nur würde die

Höhle dann einstürzen. Noch immer leicht eingeschnappt ging er hinter Valaria her, und nach einer knappen Stunde erblickte er ein Licht weit vorne an der Höhle. Erleichtert atmete er auf, denn hier unten fühlte er sich seltsam beengt. Also fing er an zu laufen, ohne daran zu denken, dass die Schritte von den steinernen Wänden widerhallen würden. Plötzlich hörte Valaria, wie die Kristalle knackten, und splitterten. Hektisch bedeutete sie ihren Gefährten, leise und schnell dem Ausgang entgegenzulaufen. Aber es war zu spät; die ersten Kristalle fielen mit ihren spitzen Enden aus der Höhlendecke. Geschickt wichen die Elfen den gefährlichen Steinen aus und schafften es, bis auf wenige leichte Kratzer unverletzt, nach draußen.

Das erste, was sie sahen, war ein dichter Wald, und für kurze Momente war es still, dann ging Valaria wütend auf Tyran zu. »Was hast du dir dabei gedacht? Wir hätten schwer verletzt sein können, wir hätten *sterben* können! Und dann stehst du hier und statt dich mal zu entschuldigen, lächelst du still in dich hinein? Ich dachte, du vertraust mir, wieso hörst du denn dann nicht auf mich? Das ist doch –« Ihre kurze Atempause nutzte Miyura, um sie an ihren Armen zu greifen, und Shyvani sagte: »Ruhig Blut, Valaria, keiner von uns hat sich in dieser Höhle wohlgefühlt. Es war doch nur eine natürliche Reaktion. Außerdem hat der Streit keinen Sinn. «Währenddessen hatte Tyran sich umgesehen und entdeckt, dass weiter

hinten im Wald die Bäume leicht schimmerten.
Also hatte er sich zurückgezogen, doch nun sahen
ihn alle an, denn der Streit schien sich beruhigt zu
haben. Gerade als er einen der seltsamen Bäume
berühren wollte, erblickte Miyura das Reh dahinter,
welches ebenfalls leicht schimmerte, und sprang
auf es zu. Doch sie war gerade angekommen, da
sprang es hinfort in das dichte Gebüsch. So
machten sich die Elfen wieder auf den Weg und
schauten sich im Wald um. Überall waren fliegende
Objekte zu sehen, und auch fliegende Inseln
konnten sie erkennen. Auf einem riesigen Berg war
ein schöner Wasserfall zu beobachten.»Kommt,
wir dürfen uns hier nicht zu lange aufhalten. Sonst
werden die Wesen des Waldes aufmerksam, und
dann haben wir ein
großes Problem« erklärte Valaria, als Shyvani stehen
blieb, um eine schimmernde Blume zu begutachten.
Dann folgten alle Valaria und Tyran fragte sie,
wohin sie jetzt gehen würden. Sie sagte, dass der
Weg zuerst auf den riesigen Berg führen würde.
Dann schwiegen sie und folgten
dem jungen Mädchen zügig. Überall waren Bäume
und Tiere, die sie noch nie im Leben gesehen
hatten, auch magische Blätter die, wie alles andere
hier, schimmerten und durch den Wind wirbelten.
Einmal lief sogar eine
Herde Einhörner an ihnen vorbei. Als sie beim
Berggipfel ankamen, schauten sie in den magischen
Wald nach unten und der Anblick ließ sie alle

erstarren, so schön war es. Dann schauten sie in den Norden und sahen einen dunklen Wald, der sehr furchteinflößend aussah. Valaria erläuterte, dass sie in diesen Wald gehen müssten, um dann zum Orakel zu kommen. Dann machten sich die Elfen auf den Weg. Sie folgten einem Pfad aus bläulichen Steinen, sahen Flüsse, aus denen schillerndes Wasser spritzte, und Bäume, die ihre Äste bewegen konnten. Dann gingen sie durch einen schmalen Weg durch zwei große Felswände. Es wurde langsam dunkel, was alle bis auf Valaria zu verwirren schien, denn so lange war ihnen die Strecke gar nicht vorgekommen. Sie hatten keinen Proviant gesammelt und so fragte Tyran:»Wie wollen wir denn jetzt an etwas essbares kommen? Das, was hier wächst, ist wahrscheinlich nicht besonders gesund, oder?« Valaria grinste wieder und zeigte auf ein paar Früchte an einem nahe gelegenen Baum. Tatsächlich sah Tyran auf den Bäumen magische Früchte, dann ging Valaria zu dem Baum und klopfte daran.»Eine junge Elfe... Soso... Was möchte sie denn...«Der Baum klang träge – und ja, er klang, denn es schien wirklich der Baum zu sein. Doch vollkommen ruhig erwiderte das Elfenmädchen:»Ich brauche etwas essbare für mich und meine Freunde. Es würde uns sehr ehren, etwas von deinen Früchten essen zu dürfen. « Der Baum sagte nichts mehr, doch er senkte seine Äste, was Valaria als Zustimmung nahm, und ließ sie stillschweigend seine Früchte pflücken. Dann aßen alle zusammen die Früchte, bis sie nicht mehr konnten, den Rest packten sie ein. Danach liefen sie noch ein wenig, dann hielten sie bei einem großen Baum. Die Sonne ging langsam unter und Miyura fragte, ob sie nicht hier übernachten wollten, und die anderen stimmten, ermüdet von den Abenteuern, zu. Als die kleine Valaria einschlief und dann auch Miyura und Shyvani, stand Tyran auf. Er ging in den Wald und machte einen nächtlichen Spaziergang. Er sah sehr viele Kreaturen herumfliegen und auch Stimmen hörte er, doch dann stand Miyura auf und erklärte ihm leicht verärgert, dass sie eine lange Reise vor sich hatten und er schlafen sollte. So legte sich Tyran gezwungenermaßen auf den Boden und schlief ein. So verging die wunderschöne klare Nacht, der Mond stand am Mittelpunkt des Himmels und die Wölfe heulten aus allen Ecken und Winkeln. Doch plötzlich hörten die Bäume stimmen. Die Dunkelelfen waren fast am Schlafplatz der Gefährten angekommen, doch die Bäume erinnerten sich gut an dunkle Tage, in denen die Dunkelelfen sich in den Wald vorarbeiteten, um an das wertvolle Holz der Bäume zu kommen. So streckten sie sich und bedeckten die Reisenden mit ihren großen Blättern. Die Dunkelelfen bemerkten nichts und gingen fluchend weiter. Am nächsten Morgen weckten die magischen Kreaturen des Waldes Tyran. Er stand auf und ging zum

Fluss, dort wusch er sich und ging wieder zum
Schlafort. Angekommen standen langsam die
anderen Gefährten auf. Dann machten sie sich
wieder auf den Weg, und Valaria ging voraus.
Stundenlang liefen sie schweigend hintereinander
her, nur ein einziges Mal machten sie Pause und
aßen ein paar der exotischen Früchte,
welche sie von den Bäumen bekommen
hatten. »Wir sind bald im dunklen Wald. Seid leise
und geht nur auf dem Weg. Und achtet unbedingt
darauf, euch sofort zu verstecken,
wenn ihr Waldläufer seht. «»Was ist ein
Waldläufer«, fragte Miyura neugierig. Valaria
erklärte ihren Freunden, dass ein Waldläufer ein
Dunkelelf mit gepanzerter Rüstung sei und er
durch den Wald patrouillierte, um Eindringlinge zu
vernichten. Miyura und Shyvani machten sich
Sorgen, doch beschwichtigend fügte Valaria hinzu:
»Folgt einfach dem, was ich sage, dann passiert
nichts. « So gingen die Elfen in den dunklen Wald.
Es war sehr hässlich dort; die Bäume waren
alle verbrannt und am Boden waren überall
Blutflecken. Miyura und Shyvani erschreckten sich,
doch Valaria wies sie an, leise zu sein. Valaria
erzählte den Elfen, das dieser Wald hier auch ein
Teil des magischen Waldes war, doch der wurde
von den Dunkelelfen übernommen. Sie haben alles
abgebrannt und die Tierrassen ausgerottet. Darauf
machte sich Miyura ein besseres Bild über die
Dunkelelfen. Valaria trieb sie zur Eile, damit

man sie nicht sah. Dann gingen die Elfen so leise, wie sie nur konnten durch den dunklen Wald, doch plötzlich trat ein Waldläufer ihnen entgegen. Er kam mit dem Schwert auf sie zu und Tyran zog seines, aber auf einmal traf ihn ein Pfeil genau ins Herz und er brach leblos zusammen. Tyran wirbelte herum und entdeckte, dass es Miyura gewesen war, die ihm wahrscheinlich das Leben gerettet hatte. Dann nahm sich Tyran die Rüstung des Waldläufers und legte sich das an. »Das wäre fast schiefgegangen. Wir müssen wirklich besser aufpassen und immer leise sein«, schärfte Valaria ihnen ein. Als Valaria weiterging, hörte sie Schritte von Waldläufern und riss Shyvani hinter einen dicken Stamm, Tyran und Miyura taten es ihnen gleich. »Wir müssen uns beeilen, sie haben die Leiche gesehen und werden Verstärkung holen«. Sie gingen weiter, sahen viele tote Bäume und plötzlich stießen sie auf einen Stein am Boden. Der Stein glänzte und schien ein bläuliches Licht auszustrahlen, als wären sie wieder im magischen Wald. »Wir sind bald da, habe ich recht«, fragte Shyvani hoffnungsvoll, und Valaria nickte. Dann gingen die Elfen weiter, die Wege erstrahl folgten. Nach einer langen Reise kamen sie an einem Haus an. In diesem Haus waren Proviant und Rüstungen der Dunkelelfen gelagert. Sie brachen ein und stahlen für jeden eine Rüstung und ein Schwert, sogar für Valaria. Auf einmal hörten sie Schritte, und der Raum mit der Ausrüstung wurde verschlossen. Der Dunkelelf, der es war, machte sich noch eine Weile in einem anderen Raum zu schaffen und entfernte sich dann. »Wie kommen wir denn jetzt hier hinaus?«, fragte Miyura entsetzt, als sie sicher war, dass man sie nicht mehr hören konnte, doch sie wurde von Shyvani unterbrochen. »Elender Hund, wenn ich ihn finde…« Währenddessen hatte sie eine Axt von der Halterung genommen und hackte damit auf die Tür ein, bis das Holz aufsplitterte und sie hinausgelangte. Die anderen taten es ihr gleich, und nun beschlossen sie, ohne große Umschweife und so schnell wie möglich zum Orakel zu gelangen. Nach einer kurzen Pause, in der sie einen Teil des Proviants gegessen hatten, machten sie sich also auf den Weg, und nicht viel später kam das Ende des grausamen und gefährlichen Waldes in Sicht. Dort angelangt konnten sie auf eine riesige Wiese herabblicken, und es verschlug ihnen, den Atem, denn die schlichte Schönheit schaffte es, sie zu beeindrucken, und Tyran schwor sich, hierher zurückzukommen. »Die Dunkelelfen können hier nicht hindurch, denn auf diese Wiese kann nur, wer ein reines Herz hat – oder die richtigen Zaubersprüche, und die haben sie nun mal nicht. « Langsam regte Valarias Art Shyvani auf. Konnte sie nicht einfach mal den Mund halten? Dann gingen sie auf die Wiese und schauten sich alles an.

Es war wunderschön, das Gras war gerade so lang,
dass es an ihre Knie reichte, die Blumen so schön
wie die Farben die Shyvanis Rüstung und der
Himmel so blau wie die ein tiefer, klarer See. Dann
gingen sie weiter und plötzlich sahen sie eine riesige
Burg, aus grobem Stein gehauen, auf einem Berg.
»Die Burg des Orakels«,
murmelte Valaria andächtig. Als sie näherkamen,
erkannten sie, dass die Burg nicht, wie sie gedacht
hatten, auf dem Berg stand, sondern in der Luft
schwebte. Zweifelnd sah Miyura hinauf,
doch Valaria wusste wie so oft, welchen
Weg sie nehmen mussten. Es war eine Art Treppe,
steil und brüchig, aber doch leicht zu erklimmen,
welche zur Burg führte. Im Palast angekommen
sahen sie überall sehr viele Säulen, an denen sehr
viele Zeichen abgebildet waren. Sie sahen sie sehr
genau an, und dann rief Tyran leise aus: »Miyura!
Schau hier, die Vertiefung. Sie sieht aus wie der
Anhänger meiner Kette.« Als Tyran seinen
Anhänger in die Vertiefung presste, öffnete sich
unter lautem Knirschen eine Tür. Dann gingen die
Elfen durch die Tür und schauten, was sich
dahinter verbarg. Doch als Valaria bemerkte, dass
niemand hinter ihr war, ging sie rasant an den
Eingang, doch die Tür stand offen. Sie sah hinein
und sah, wie ihre Gefährten dort hinten standen,
doch sie ging nicht mit. Stattdessen lachte sie, und
es klang sehr furchteinflößend. Tyran schaute nach
hinten, doch er sah nichts und die jungen Elfen

gingen weiter. Eine merkwürdige Stille senkte sich über sie, und offensichtlich überwältigt vor Angst ging Miyura halb weinend zu Shyvani, doch plötzlich bemerkte sie das Valaria fehlte. Auf ihren Hinweis hin drehte sich Tyran einmal um die eigene Achse, doch Valaria konnte er nicht sehen, obwohl der Gang erhellt war. Doch plötzlich kam eine Wand vor Tyran, und er konnte nicht mehr weg, doch Miyura und Shyvani standen noch auf der anderen Seite und rätselten, wo denn Valaria sei. Er schlug mit voller Wucht gegen die Wand, doch es brachte nichts, denn die Wand war aus hart gemeißeltem Stein. Weil es für Tyran kein Entkommen gab, ging er weiter und so trennte er sich von Miyura und Shyvani. Überall sah er geheime Zeichen, die er nicht entziffern konnte, und sah an den Wänden gekritzelt Zeichnungen. Er ging zur Wand um die Zeichnung zu betrachten. Auf der Zeichnung waren die Anhänger abgebildet und drei mächtige Magier zu sehen. In der rechten Ecke des Zimmers war ein Skelett am Boden zu sehen und in der linken Ecke waren sehr viele Blutflecken am Boden zu sehen. Er dachte sich hier waren sicher mal Leute wie wir, die es nicht überlebt haben, doch plötzlich hörte er Geräusche, die Wand kam auf ihn zu und das Zimmer wurde zu einem großen und langen Gang. Tyran rannte so schnell er konnte, doch er sah nicht auf den Boden, und so fiel er in ein Loch. Für einen Moment dachte er, dass er sterben würde, doch das Loch

schien ihm Sicherheit zu bieten. Er ruhte sich aus,
weil ihn das Rennen erschöpft hatte. Das Loch sah
nicht wirklich gemütlich aus. Tyran versuchte,
hinauszuklettern und fiel immer wieder nach unten.
Plötzlich kam ihm der Gedanke an seinen Vater
und seine Mutter und er hielt sich fest und zog sich
mit einer enormen Kraft nach oben aus dem Loch
heraus. Oben schaute er sich um und sah nichts,
was ihm wichtig erschien, und so machte er sich
weiter auf den Weg. Er machte sich viele
Gedanken, wieso sie am heiligen Ort des Orakels
angegriffen wurden, obwohl Valaria anscheinend
die Auserwählte war und sie beschützten sollte.
Dann kam ihm ein Gedanke, den er noch nie
überlegt hatte. Was wäre, wenn Valaria sie gar nicht
zum Orakel gebracht hatte, sondern es nur
vortäuschen wollte und von dem Moment, in
dem sie unsere Ketten gesehen hatte, andere
Absichten hatte. Dann erinnerte sich Tyran an das
Lachen am Anfang in der Höhle und ihm wurde
unwohl. Das würde sie nicht tun. Ich
habe sie gerettet; das würde sie nicht tun. Er ging
weiter, bis er auf eine Wand stieß und ihm plötzlich
bewusst wurde, dass er hier in einem Labyrinth war
und nicht so leicht hinauskommen würde. Auf
einmal spürte er eine unbändige Wut, auf Valaria,
aber auch auf sich selbst, weil er ihr so schnell
vertraut hatte. Und bevor er wusste, wie ihm
geschah, schlug er mit der Faust gegen die Wand
und sie zersprang in tausend Stücke. Er ging durch

die Öffnung des zerbombten Teils der Wand und dachte, dass er raus aus dem irren Labyrinth war. Aber als er durch die Öffnung auf die andere Seite blickte, sah er überall Blut und sehr viele Leichen, die hier gelagert zu sein schienen. Dann schaute er sich mit ängstlichen Blicken um und sah überall nur Leichen und dachte sich, dass er hier in einem Leichenraum sei, doch er wusste gar nicht, in was für eine Gefahr er sich befand. Als er auf die Wand schaute, sah er dort große Zeichnungen, auf denen viele Menschen skizziert waren. Neben der Menschengruppe war noch ein großes, sehr monströses Tier zu sehen, das sie versuchte zu angreifen und die Gruppe mit Erfolg zur Strecke brachte und alle starben. Tyran machte sich große Sorgen, dass dies der letzte Ort, den er sehen würde, sei, doch plötzlich hörte er ein lautes Knurren, welches sehr furchteinflößend klang. Er ging zum Ort, an dem er es gehört hatte, und sah dort ein Monster, welches gerade ein kleines Mädchen angriff. Er hatte noch sein Schwert dabei und plötzlich bemerkte das Mädchen ihn. Sie schrie laut nach Hilfe. Tyran zog sein Schwert, richtete es auf das Monster, welches ihn noch nicht gesehen hatte, und rannte auf es zu. Erst wenige Momente vor seiner Ankunft bemerkte es ihn, drehte sich schwerfällig um und versuchte, den Angriff abzuwehren, doch mit einer großen Portion Mut – vielleicht etwas zu viel? – duckte er sich, schlitterte am Boden entlang und zog die Klinge einmal durch

den Hals des Monsters und schlug ihm den Kopf
ab. Froh, es geschafft zu haben, richtete Tyran sich
auf, aber ein lautes Geräusch ließ ihn herumfahren.
Das Monster hatte sich plötzlicher wieder
regeneriert, und der Kopf flog wieder zum Körper
und er richtete den Körper wieder aufrecht und
machte sich auf den Weg zu Tyran. Das Monster
griff Tyran mit einem schnellen Seitenhieb an,
doch Tyran sprang auf die Seite. Das Mädchen
schrie, dass er es nicht töten könne, solange das
Zentrum, welches im Herzen liegt, noch unversehrt
sei. Der folgende Kampf war lang und erbittert,
und nicht nur einmal prallte Tyrans Klinge an der
schuppenartigen Haut ab.»Danke, Fremder,
für dein Erbarmen. Es war ein Fehler.« Dann
verschwand sie mit einem lauten, qualvollen Schrei
in schwarzem Nebel. Tyran machte sich Sorgen,
wieso sie so laut geschrien hatte und einfach so
verschwunden war. Er fragte sich die ganze Zeit,
wer sie sei. Danach schaute er sich in der Höhle um
und wusste nicht, wie er herauskommen sollte,
denn überall waren sehr viele Steine am Boden, die
Wände waren alle aus hartem Fels und man konnte
gar nicht raus. Trotzdem versuchte er,
hinaufzuklettern, doch konnte einfach nicht, weil
auch er beim Kampf verletzt wurde. Schließlich sah
er es ein, setzte sich mit dem Rücken an der Wand
auf den Boden und schlief fast sofort ein. Plötzlich
hörte Tyran Geräusche und wachte auf. Dann
schaute er sich um, doch er konnte nichts sehen,

doch plötzlich sah er auf der anderen Seite ein
kleines leuchtendes Tier, das in der Luft
flog. Tyran ging mit erstauntem Gesicht zu der
Kreatur und betrachtete sie. Als er in die Nähe
dieser Kreatur kam, verschwand die Kreatur,
plötzlich war hinter Tyran ein Höhleneingang
geöffnet worden. Als er zum Eingang ging, kam die
Kreatur wieder und sagte mit einer leisen Stimme:
»Du bist der Auserwählte!« Dann verschwand sie,
und Tyran machte sich große Sorgen und dachte
darüber nach, wieso alle ihn den Auserwählten
nannten. Dann ging er durch den Höhleneingang.
Der Höhleneingang war sehr schmal, und an der
Decke waren spitze Steine zu sehen. Danach
ging Tyran durch die Höhle und wunderte sich,
dass gar nichts passierte und alles so ruhig war. Er
ging sehr entspannt durch die Höhle und überlegte
weiterhin, weshalb ihn diese Kreatur »Der
Auserwählte« genannt hatte. Nach einer Weile kam
er beim Höhlenausgang an und sah sehr viele
leuchtende Lampen in diesem Raum und rannte
schnell dort hin. Als er beim Höhlenausgang
ankam, sah er einen Raum dort in dem viele
Lampen waren, doch auch sehr viele Leichen von
Menschen. Er überlegte, was hier geschehen sei
und wie aus dem nichts kam ein Buch auf dem
Boden zum Schein und er nahm das in die Hand.
Das Buch war sehr alt und man konnte sehen, dass
die Seiten sehr alt und zerbrechlich
waren. Tyran machte das Buch ganz sorgfältig auf

und schaute hinein. Als er die erste Seite öffnete,
sah er sehr viele Zeichnungen und auf der anderen
Seite war ein Text zu. Er betrachtete die Bilder und
sah dort einen Jungen der Zauberkräfte hatte und
der gegen die Dunkelelfen kämpfte. Den Text
konnte er nicht gut sehen, weil das Buch sehr alt
war und die Ziffern nicht mehr richtig zu erkennen
waren. Dann schaute er sich das ganz genau an, sah
dann, dass dort stand, dass ein Junge kommen
würde. Als er auf die dritte Seite blätterte, sah er
ein Bild von sich selbst und erschrak. Ihm kam
plötzlich der Gedanke, dass er *wirklich* der
Auserwählte sein könnte und er auch deshalb von
der Kreatur so genannt worden war. Wenn er das
Buch richtig verstanden hatte, war er ein Magier,
und mit dieser Erkenntnis ging Tyran durch den
Raum und sah sich überall um. Als er sich fertig
umgeschaut hat, ging er zum anderen Ausgang und
plötzlich leuchtete der Ausgang sehr stark und
Tyran wurde geblendet. In der Zwischenzeit
bei Miyura und Shyvani war alles ruhig, und die
beiden Mädchen irrten weiter im großen Labyrinth
umher. Shyvani fragte Miyura:»Miyura, wo müssen
wir hin, denn ich mache mir viel Sorgen
um Tyran und Valaria.
« Miyura beruhigte Shyvani und sagte ihr, dass sie
sie sicher bald finden würden. Dann gingen beide
weiter, bis sie auf eine seltsam geformte Statue
trafen. Auf der Statue war eine Vertiefung, und es
waren viele Symbole drauf zu

sehen. Miyura berührte die Statue und ihre Kette fing an zu leuchten. Shyvani bemerkte, wie die Kette von Miyura leuchtete und schrie:»Miyura, schau auf deine Kette, sie leuchtet!« Miyura sah ihre Kette leuchten und nahm sie ab vom Hals und schaute sie an, doch plötzlich bemerkte, sie das in der Säule eine Vertiefung war, die zu ihrer Kette passte, und presste die Kette langsam darauf. Plötzlich ging eine geheime Höhle auf. Die Statue verschwand im den Boden und der Höhleneingang ging langsam zu, dann sagte Miyura:»Shyvani, schnell, beeil dich wir müssen durch den Eingang.« Dann rannte Miyura mit einem recht schnellen Tempo und schaffte es durch den Höhleneingang und hörte Shyvani schreien, doch als Miyura zurück wollte, ging die Wand vor ihr zu und sie konnte nicht mehr durch. Miyura machte sich große Sorgen und schrie:»Shyvani? Geht es dir gut?«, doch Shyvani konnte sie aus unerklärlichen Gründen nicht hören. Miyura schlug gegen die Wand bis ihre Knöchel bluteten, doch es bewirkte nichts. Dann gab sie auf, ging in die andere Richtig und sah in der Höhlendecke sehr viele Löcher und man konnte die Sonnenstrahlen sehen. Sie ging immer weiter und sah plötzlich ein großes Loch, welches nach draußen führte. Sie versuchte, auf den Ranken zu klettern und es gelang ihr, aus dem Loch zu entkommen. Als sie raus kam, war sie auf einer Wiese. Sie schaute sich um, aber sie sah überall nur Blumen und ging weiter. Sie schaute in den Himmel und sah die wunderschönen Wolken und die Sonnenstrahlen, die ihr ins Gesicht strahlten. Nach einer Weile laufen setzte sie sich und betrachtete die schönen Rosen und erinnerte sich an ihre Mutter. Dann seufzte sie und sagte »Ach war das eine schöne Zeit damals.« Miyura lenkte sich vom Ereignis in der Höhle ab, stand auf und spazierte weiter. Sie war schon eine Weile am Laufen und kam letztendlich an einem Fluss an. Sie legte ihren Bogen auf die Seite und ging zum Flussbecken. Dort wusch sie sich und trank Wasser. Neben dem Fluss waren kleine Steinbrocken, die sie nahm und in den Fluss warf. Miyura spielte eine Weile mit den Steinen, doch dann machte sie sich auf den Weg, denn es schien bald dunkel zu werden. Die Prinzessin bekam langsam Hunger und machte einen Halt. Miyura schaute sich um und sah kein Tier weit und breit. Doch plötzlich sauste ein Reh im Gebüsch hinter ihr und sie drehte sich um. Sie nahm ihren Bogen, gespannt mit dem Pfeil schoss sie auf das Reh doch verfehlte. Dem Reh gelang die Flucht, doch keine fünfzig Schritt und es hing in einer Falle fest. Als Miyura dort ankam betrachtete sie das Reh, das in einer Falle stecken blieb und sich nicht vom Fleck bewegen konnte. Sie rannte zum Reh hin und befreite es aus der Falle, doch sie hatte großen Hunger und erlegte das Reh nach der Rettung. Sie holte sich Äste aus dem Wald und

machte sich ein Lagerfeuer, dort briet sie das Reh
sehr sorgfältig und aß es geschwind denn die Nacht
kam immer näher. Dann machte sie sich auf den
Weg und sah einen Hügel und überlegte,
wenn sie darauf gehen würde, dann würde sie sich
einen Überblick verschaffen von diesem Ort. Dann
rannte sie den Hügel hoch. Auf der Spitze des
Hügels angekommen blickte sie in den Horizont
und sah ganz weit hinten eine kleine
Holzhütte. Miyura blickte nicht mehr weiter und
ging vorsichtig den Hügel herunter, und danach in
die Richtung der Hütte. Sie schlich sich durch die
Bäume und kam immer näher an die Hütte ran.
Als sie bei der Hütte ankam, hörte sie
Stimmen auf der anderen Seite der
Hütte. Miyura ging zur Hütte und versteckte sich
bei den Wänden und blickte vorsichtig auf die
andere Seite. Miyura konnte es nicht fassen
als sie auf die andere Seite blickte
sah, sie Narín und rannte geschwind zu ihm und
schrie:»Narín!« Narín drehte sich um und sah
wie Miyura auf ihn zu gerannt
kam. Miyura umarmte ihn mit Tränen in den
Augen. Er schaute sie an und fragte sofort, wo die
anderen seien und was passiert war. Die Prinzessin
erzählte ihm von ganzen Geschehen und es wurde
dunkel und die Wölfe fingen schon an zu heulen.
Dann brachte Narín sie in die Hütte und sagte ihr,
wir werden gleich auf meinen Meister treffen sei
gespannt Miyura. Als sie in die Holzhütte eintrat,

sah sie einen alten Mann, der sie mit einem komischen Gesichtszug ansah und sagte:»Prinzessin Miyura… Nie hätte ich erwartet, euch hier in meiner Hütte willkommen heißen zu dürfen. Ich bin Amras. Setz dich, Kind, mach es dir gemütlich und erzähle uns, was du erlebt hast.«Als sie fertig mit der Geschichte war, sagte der alte Mann, welcher sich als Amras vorgestellt hatte:»Ihr habt einen großen Fehler begangen Kinder. Ihr seid nicht zum Orakel gegangen, sondern habt das Tor zu den 3 Wächtern der bösen Mächte geöffnet, auf das die Dunkelelfen scharf sind. Doch bisher haben sie es nicht gefunden, was sich nun ändern wird.« Der alte Mann erzählte Miyura sehr viel über die drei Wächter des Orakels und des Bösen. Es wurde sehr spät und Miyura wurde müde und fragte, ob sie hier übernachten dürfte. Beide waren einverstanden und Miyura durfte im Schlafzimmer auf dem Bett schlafen und Narín legte sich auf eine lange, gepolsterte Bank. In der Morgendämmerung wachte Narín auf, schlenderte in Miyuras Zimmer und wie schon erwartet, war die Prinzessin eine Langschläferin. Er schlich sich zum Bettrand und erschrak sie von hinten. Miyura wachte mit einem lauten Schrei auf und schlug Narín aus Reflex mitten ins Gesicht auf die Nase. Narín schrie und weckte somit den alten Mann. Amras stand auf, dann kam er ins Zimmer, wo Narín und Miyura ihn entsetzt ansahen. Dann blickte er mit einem bösen

Blick zu beiden und sagte: »Kinder, ihr dürft doch nicht so laut sein.« Dann ging er wieder aus dem Zimmer. Narín folgte dem alten Mann ins andere Zimmer, schlich sich aus dem Haus und nahm sein Schwert vom Ständer, danach ging er zu den Trainingspuppen und trainierte an ihnen weiter. Er hatte sehr viele neue Techniken von Amras gelernt, die er alle nacheinander anwendete, doch plötzlich sah er am Horizont Dunkelelfen und rannte ihnen mit hohem Tempo entgegen. Als er dort ankam, griff er die Gegner an, doch er trug sein Eisenschwert nicht bei sich, nur das Holzschwert zu Training. Die Dunkelelfen sagte nichts und schoss ihn mit Pfeilen ab, doch einem Impuls folgend riss er den Arm hoch und errichtete so eine unsichtbare Barriere. Sie war noch recht schwach, und so bremste sie die Pfeile nur und er trug einige blaue Flecken davon. Doch auf einmal erlosch der Schild, und nur Bruchteile von Sekunden später ragte aus dem Auge des nächsten Dunkelelfen ein Pfeil. Ein Pfeil mit Miyuras Markierung, wie er erkannte. Shyvani war wütend und hungrig, und so schien sie noch hitzköpfiger als sonst. »Verfluchtes Labyrinth, lass mich endlich raus!« Ihre Fingerknöchel bluteten bereits, doch sie merkte es nicht und schlug weiter mit ihren schlanken Fäusten auf die Wand ein. Auf einmal überkam sie eine schreckliche Wut auf das doofe Labyrinth, das sie nicht nach draußen ließ, und noch einmal schmetterte sie ihre Faust gegen die Wand, und sie zersprang (Also, die Wand, nicht die Faust). Etwas zufriedener als vorher, aber nicht weniger hungrig ging sie den Gang entlang, bis sie zu einer Tür kam. Sie dachte, dass sie es aus dem Labyrinth geschafft hatte, doch wusste gar nicht, in was für eine Gefahr sie sich gebracht hatte. Als Shyvani die Tür öffnete, tat sich ein Spalt in der Decke auf und entleerte gefühlt das ganze Meer über ihr. Grollend und fluchend stapfte die nasse Kriegerin in den Raum, und das erste, was ihr auffiel, war ein Hebel. Als sie ihn sich genauer besah, entdeckte sie daneben eine Zeichnung von einem Elfen, der diesen Hebel betätigte und damit anscheinend die Wände versinken ließ. Shyvani war sehr neugierig und betätigte den Hebel und es kam anfangs nichts, doch keine Sekunde später hörte sie ein sehr lautes Krachen und hielt sich die Ohren zu. Alle Wände im Labyrinth gingen in den Boden und auf einmal hatte man freien Weg zur Mitte des Labyrinths. Festen Schrittes hielt sie darauf zu. Tyran war in den hellen Ausgang getreten und stand nun in einem Gang. Plötzlich hörte er eine merkwürdige Stimme und folgte der, bis er in ein Zimmer kam, das sehr ähnlich aussah, wie die Zeichnungen die am Anfang in der Höhle waren. Er sah einen alten Mann. Als der alte Mann ihn bemerkte, sagte er mit einer lauten Stimme: »Der Auserwählte ist da. « Plötzlich tauchten zwei andere auf. Dann war er neugierig, wieso sie ihn den Auserwählten nannten, und ging zu ihnen. Als er den alten Mann gegenüberstand, sagte der ihm:»Du hast den Test bestanden und bist wahrhaftig ein tapferer Kämpfer. Doch mit dem Treffen auf uns hast du das Böse in die Welt gesetzt.« Tyran schaute die drei Weisen verblüfft an und fragte neugierig, wie er das denn getan hätte, schließlich war er nur hier, um das Orakel zu befragen. Die Weisen lachten und erzählten, dass er sie aus dem Schlaf geweckt hatte. Die Waisen wurden von den Heiligen Elfen in den Schlaf versetzt, denn sie sind das Tor zur Bösen Welt und zu der Macht nach denen die Dunkelelfen strebten. Dann sagten die Weisen:»Du hast das Böse in die Welt gesetzt, also wirst du auch das Böse wieder vernichten müssen und Saragon stürzen! Er ist der Anführer der Dunkelelfen, doch er ist sehr gefährlich. Überall wo er hintritt, wird jemand getötet. Er kann es nicht aushalten, ohne jemanden zu töten, sogar seine eigenen Truppen tötet er, wenn er durch das Schloss spaziert. Er ist ein blutrünstiger Killer, vor dem sich jeder in Acht nehmen sollte. Wir glauben, dass du es mit ihm aufnehmen kannst und ihn stürzen kannst. Du hast Kräfte, von denen du keine Ahnung hast, in dir ist das Feuer der großen Magier.« Dann zeigte der weise Mann, in seiner Glaskugel ein großes Feuer, in das Tyran blickte und plötzlich bekam er ein mulmiges Gefühl in den Händen und konnte Feuer Kugeln entstehen lassen und sogar werfen. Die Weisen warnten Tyran, dass die Kräfte

nur in Notfall genutzt werden, sollten
denn sie seien sehr mächtig und kosteten viel
Energie. Dann sagte der andere Weise:
»Nimm dich in Acht vor dem Bösen; es wird bald
auf dich treffen.« Dann sagte Tyran nach dem
Orakel. Die Weisen verschwanden und eine Spur
aus hellem Licht bildete sich auf dem Boden
und Tyran folgte ihr. Am Ende der Spur lag ein
großer Raum und dort schaute er sich um. Plötzlich
bemerkte er Schritte und schlich sich auf die Seite.
Er schlich weiter und schaute, wer die Person sein
konnte. Als die Schritte lauter wurden, rannte er mit
dem Schwert auf die Person zu, um sie zu
erschrecken. Shyvani schrie sehr laut und Tyran war
sehr verblüfft. Er hätte beinah Shyvanis Kopf vom
Körper getrennt und sie schaute ihn wütend an. Er
fragte, wie es ihr ergangen war, und sie erzählte es
ihm, immer wieder unterbrochen von kleinen
Wutausbrüchen. Tyran tröstete Shyvani und setzte
sich hin. Er sagte ihr, dass sie sich ausruhen sollte,
während er sich umsah. Als Shyvani auf dem
Boden lag, ging Tyran weiter in das Zimmer.
Plötzlich war eine Truhe zu sehen und er ging
näher. Als er die Kiste öffnete, waren dort sehr
viele Früchte drin, und er wunderte sich sehr, wie
das hier hingekommen sein konnte, doch er nahm
die Früchte und rannte zu Shyvani. Dann aßen
beide zusammen die Früchte. Als beide ausgeruht
waren, machten sie sich auf den Weg in die
Mitte. Tyran stand auf und lief voraus und die

kleine Kriegerin ihm hinterher. Beide waren wieder voller Energie nach dieser kleinen Pause. Als Tyran in die Mitte eintraf, war dort eine große Wand aus gemeißeltem Stein. Auf der Wand waren sehr viele Zeichen eingraviert, die aber in altelfischen Runen geschrieben waren. Als Tyran bei der Wand ankam, schaute er sich die Gravierungen an. Er konnte nicht gut altelfisch, doch er hat schon Erfahrung mit den Buchstaben und konnte entziffern, das dort stand:»Wer das Orakel sehen will, muss es wollen.«Mit dieser Erkenntnis kamen Miyura und Tyran nicht weiter. Beide versuchten die ganze Zeit, etwas zu machen, doch es ging einfach nicht und sie waren verzweifelt. Nach einer Weile sagte Tyran, dass sie sich nicht mehr auf die Worte konzentrieren sollten, sondern überlegen, wie sie hier raus kommen. Auf einmal fing Shyvani an zu reden.»Dieses dumme, dumme Orakel! Es soll uns helfen, nicht vor irgendwelche bescheuerten Logikrätsel stellen. Was will das Ding überhaupt können? Die Zukunft vorhersagen? Das glaubst du ja wohl selber nicht!« Wütend trat sie gegen die Wand.»Wir ruhen uns jetzt aus, und morgen sehen wir weiter.«»Narín. Dein Training ist jetzt abgeschlossen, und du wirst dich jetzt auf den dir vorgesehenen Weg begeben. Ich gebe dir eines meiner liebsten Schwerter, mögest du es weise benutzen. «Amras überreichte ihm ein Schwert. Die Klinge

war schlank, aber das Eisen war Hunderte mal
gefaltet worden und hatte sie so beständig gemacht.
In den Knauf war ein schlichter, grüner Jadestein
eingelassen, der das Licht der Sonne in tausend
kleine Lichtpunkte brach. Dann
verabschiedeten sie sich von dem alten Mann und
machten sich auf den Weg zum nächstgelegenen
Hügel. Dort angekommen blickten sie in die
grünen Täler hinab und zu den weiter entfernten
Bergen. »Schau doch mal wie schön die Aussicht
ist«, bemerkte Miyura, blickte dann zu Narín und
betrachtete sein Lächeln. Dann war es für einen
Moment ruhig und man hörte die Vögel zwitschern
und spürte den Wind durch die Ohren sausen und
sah die Blätter durch das Tal wirbeln. Die Sonne
stand am Mittelpunkt des Tals, wo man sie man
sehr gut beobachten konnte, doch plötzlich sagte
Narín zu Miyura: »Schau mal Shyvani, ich mag dich
sehr, und du hast einen tollen Charakter und ich
würde mir wünschen, nach dieser Reise mein Leben
mit dir zu verbringen. Du warst schon von Anfang
an eine sehr interessante Person und
ich hab dich nie aus dem Kopf
bekommen, deine himmlisch schönen Augen
und deine braunen Haare gefallen
mir sehr...« Bevor Miyura etwas sagen konnte, hatte
sich Narín zu ihr gebeugt und drückte seine Lippen
auf ihre. Zuerst war sie etwas überrumpelt, doch
dann genoss sie es. Nachdem sie sich voneinander
gelöst hatten, sagte Miyura: »Schau mal Narín, ich

habe dich schon von Anfang an sehr toll gefunden und ich... Ich liebe dich.« In Narín ging ein Freudengefühl durch den Körper und sein Gesicht strahlte heller als tausend Sonnen. Ein erneuter Kuss ließ beide strahlen, dann jagten sie gemeinsam den Hügel in Richtung des Flusses hinunter.»Wir müssen Tyran und Shyvani fi nden und rausbringen aus diesem irren Labyrinth. Als sie dann an der Höhle ankamen, an der Miyura herausgeklettert war, sahen sie, dass der Ausgang immer noch offen war. Narín sagte zu Miyura, dass er jetzt hineinklettert, um die Lage zu überwachen. Dann kletterte er an den Ranken herunter und schaute sich um in der Höhle. Er zückte sein Schwert, als er ein Geräusch hörte, und Miyura sagte, dass er auf sich aufpassen sollte. Dann schaute er sich um, doch, als nichts zu sehen war, sagte er:»Du kannst jetzt runterkommen, die Lage ist hier sicher.« Dann kletterte Miyura langsam runter, doch dann stürzte sie, und Narín rannte an die Stelle und hielt sie fest in den Händen. Dann bedankte sie sich bei ihm und beide gingen weiter. Miyura hatte große Angst und hielt sich nahe bei Narín. Beide gingen weiter in die Höhle rein, je tiefer sie kamen desto stärker, wurde die Gefahr angegriffen zu werden Speichern. Als sie dann endlich an dem Ort angekommen waren, wo sich Miyura von Shyvani getrennt hatte, sahen sie, dass die Wand nicht mehr da war, genau wie alle

anderen Wände. Dann ging Narín weiter und war
sehr achtsam und blickte jede Sekunde zu Miyura,
damit ihr nichts passiert oder sie eine falsche
Bewegung macht und sich dabei
verletzt. Narín hielt ihre Hand fest und tröstete sie,
dass ihr nichts geschieht, solange er da ist. In der
Mitte sah Miyura auf einmal ein Licht und
versuchte, ihm zu folgen, doch plötzlich rannte
etwas anderes blitzschnell an den beiden vorbei
und Shyvani erschrak sich sehr. Sie hielt sich
an Narín fest und ließ ihn nicht mehr los. Dann
gingen beide ängstlich weiter in die Mitte und
plötzlich sahen sie viele kleine
Kreaturen. Miyura zog sich langsam zurück,
doch Narín hatte sein Schwert gezogen und ging
nach vorne. Er griff die Viecher mit einem zügigen
Schlag an und zerschnitt sie in zwei Hälften.
Plötzlich kamen sehr viele dieser Viecher auf ihn.
Er konnte sich nicht in Sicherheit bringen, weil die
Viecher ihn umzingelt hatten. Miyura bekam sehr
große Angst, doch sie nahm ihren Mut zusammen
und rannte auf Narín zu. Narín sagte:»Jetzt sind
wir beide in einer sehr schlechten Situation.«
Shyvani hatte große Angst, doch Narín lächelte nur
und plötzlich nahm er sein Schwert und hielt es in
der Hand und machte eine komische Bewegung,
und Sekunden später waren alle Viecher in Stücke
geschnitten am Boden und Miyura blickte zu Narín
und war unfassbar erstaunt von seiner neuen
Fähigkeit. Sie fragte ihn, wie er das gemacht hätte,

mit einer kleinen Bewegung und einem Handschlag
in die Luft. Er erzählte ihr von seinem Training und
auch vom alten Mann und der Zauberkunst. Miyura
war sehr beeindruckt von Narín. Als beide sich
ausgeruht haben, nach dem kleinen Kampf gingen
sie weiter. Als Narín und Shyvani in die Mitte
kamen war eine Wand da zu sehen. Shyvani sagte
bedrückt:»Was ist das denn für eine blöde Wand?«
Dann sagte Narín mit einem Lächeln:»Lass sie
doch eine Wand sein.« Shyvani hatte diesen Witz
nicht verstanden und lief verstummt weiter. Dann
sahen sie zwei Schatten an der Wand und plötzlich
sahen sie hinter sich Tyran und Shyvani. Es kam ein
höllischer Schrei, als Shyvani und Miyura sich
trafen. Tyran und Narín haben sich auch gegrüßt
wie üblich mit einem Handschlag. Dann zeigte
Narín sein sehr prachtvolles Schwert allen. Tyran
war unfassbar begeistert von seinem neuen
Kampfstil. Dann hatte ihn Narín noch über seine
neue Fähigkeit berichtet und alle waren sehr
glücklich. Die Mädchen waren am quatschen und
Tyran sagte:»Wir müssen uns jetzt weiter auf den
Weg machen. Wir müssen das Orakel finden, denn
es ist jetzt schon eine Weile her, das wir unterwegs
sind. Mein Vater könnte in Gefahr sein, oder auf
uns warten. Deshalb müssen wir uns jetzt beeilen.
« Dann gingen alle mit der Motivation
von Tyran weiter. Sie sahen sich im ganzen Raum
um, doch es gab nichts Verdächtiges, außer der
kleinen Wand die einfach inmitten des

Raums stand. Dann schaute sich Tyran die
eingravierten Zeichen auf der Wand an. Dann rief
er Narín und sagte:»Schau mal ich habe eine
Vertiefung gefunden.« Die Vertiefung sah sehr
merkwürdig aus. Tyran sagte zu Narín ob er seine
Hände zu einer Stütze machen könnte
damit Tyran nach oben klettern könnte, um seine
Kette reinzustecken. Als er dann die Kette
einsteckte, passte sie nicht rein und er war verwirrt.
Er stieg wieder runter und war sehr unzufrieden,
weil es diesmal mit der Kette nicht funktioniert
hatte. In der Zwischenzeit legten sich die beiden
Mädchen auf dem Boden und schliefen
ein. Narín betrachtete den Raum und schaute sich
die Viecher, an die er vorhin getötet
hatte. Als Narín dort hinging, waren die Viecher
verschwunden, man hat die am Todesort nicht
mehr gesehen. Dann sah Narín eine Kette, die am
Boden lag. Narín ging sofort zu Tyran und
berichtete ihm, was los ist. Dann
ging Tyran mit Narín zusammen zum Ort, wo die
Viecher gestorben sind, doch da waren keine
Leichen, aber viel Blut am Boden und eine
geheimnisvolle Kette. Tyran verdächtigte Valaria,
doch er sagte es vor Narín nicht. Dann sagte Tyran,
dass sie jetzt wieder zur Wand gehen sollten. Dann
gingen die Krieger wieder zur geheimnisvollen
Wand und betrachteten die Zeichnungen und die
Symbole. Plötzlich fiel ihm die Vertiefung ganz
oben an der Wand ein und bat Narín, ihn noch

einmal hochzuheben. Dann kletterte Tyran nach oben und tat die Kette in die Vertiefung. Dann kam plötzlich ein sehr lautes Geräusch und eine Wand ging auf. Miyura und Shyvani wurden von dem Lärm aufgeweckt. Dann rannten alle rasant zum Eingang, der sich öffnete. Es war eine Höhle, die blau leuchtete, als Tyran den Schritt nach innen machte, kam ein lautes Geräusch und jemand sagte: »Tretet ein.«Shyvani und Miyura hatten sich ziemlich erschreckt, weil die Stimme sehr laut und sehr tief war. Als alle reinkamen, sahen sie wie eine große Kreatur da saß, die eine große Kugel in der Hand hielt. Tyran ging das Lächeln auf dem Gesicht nicht mehr weg, weil er genau wusste, dass es das Orakel war. Dann sagte das Orakel,»Es ist mir eine Freude, dich zu treffen, auserwählter Magier.«Alle schauten Tyran an und fragten, wieso er ihn Magier nannte, doch Tyran machte nur eine wegwerfende Handbewegung. Das Orakel sagte mit einem komischen Gesichtsausdruck:»Stelle nun deine Frage, junger Krieger« Tyran stand aufrecht und schaute das Orakel an und antwortete:»Ich möchte wissen, wo sich mein Vater befindet." Das Orakel erklärte Tyran und dem Rest der Gruppe, das der Vater im Schloss der Dunkelelfen ist, das sich im Norden befindet. Auf Tyrans Gesicht war ein Lächeln zu sehen, doch plötzlich kam ein elender Schrei von hinten. Der Eingang der Höhle war von schwarzem Nebel erfüllt. Als sich Tyran und die anderen umdrehten, war es Valaria, doch sie war anders gekleidet, komplett schwarz. Sie hatte einen Stab in der Hand mit einem Totenschädel drauf. Shyvani und Miyura schrien: »Valaria! Was hast du getan?« Als sie zu Valaria rennen wollten, hielt sie Tyran mit einem lauten Schrei auf. Dann rannten beide wieder zu Tyran. Tyran und Narín drehten sich um und nahmen ihre Schwerter zur Hand. Als Tyran näherkam, lachte Valaria sehr laut. Als er einen großen Schritt nach vorne ging, brüllte Valaria: »Tyran, du bist der größte Trottel, den ich je gesehen habe.« Valaria teilte allen mit, dass sie durch sie bis zum Orakel kam und Tyran das Tor zur bösen Macht geöffnet hatte. Tyran hat den Wächter getötet und die weisen Magier damit aufgeweckt. Er hat sie bis zum Orakel geführt und durch die böse Macht war ihre Kraft stärker als die des Orakels. Plötzlich wurde Valaria von schwarzem Rauch umhüllt, und das letzte, was sie von ihr hörten, war: »Ich werde wieder kommen, wir freuen uns auf dich Tyran. Wir werden im dunklen Schloss von Mytalon auf dich warten.« Als Tyran beim schwarzen Nebel ankam, war Valaria verschwunden. Dann kam Narín zu ihm und tröstete ihn sagte ihm, dass es nicht an ihm lag, dass Valaria fliehen konnte, sondern an ihrer Magie. Mit diesen schrecklichen Gedanken gingen die jungen Krieger wieder aus der Höhle und zum Ausgang. Alle Fallen des

Labyrinthes waren ausgeschaltet und es öffnete sich eine Tür, die nach draußen führte. Dann gingen alle raus aus der Höhle und draußen an der schönen Wiese mit der Sonne, die allen ins Gesicht strahlte, legten sie sich hin. Tyran rief leise:»Narín komm, wir gehen zu diesem kleinen Wald da drüben, dort können wir uns hinlegen.« Dann gingen sie unter dem Baum, wo sie Schatten hatten, und schliefen ein. Tyran war wie üblich der letzte der einschlief und schaute sich noch die Lage an. Vor dem Einschlafen hatte er noch die Gedanken mit Valaria, doch seine Müdigkeit brachte ihn in den Schlaf. Es vergingen schöne 3 Stunden und die tapferen Krieger und Kriegerinnen schliefen noch, als plötzlich Tyran aufwachte und schrie:»Nein Vater, das kann nicht sein!" Er hatte wohl einen Albtraum doch der ging schnell vorüber, weil er aufwachte. Als Tyran aufstand, sah er, dass die anderen noch am schlafen waren. Er schaute sich um, doch es war nichts zu sehen, auch kein Fluss, wo man sich Wasser holen könnte oder irgendwelche Früchte, die an den Bäumen hängen könnten. Als Tyran wieder am Schlafort ankam, stand Narín auch wieder auf. Dann sprachen sie eine Weile über das, was in der Höhle unten geschehen war. Als dann schlussendlich die beiden Mädchen aufstanden, zogen die Abenteurer weiter in den Norden, denn das Orakel hatte ihnen gesagt, dass dieses dunkle Schloss im Norden zu finden wäre. Shyvani und Miyura unterhielten sich über die Situation in der Höhle. Die beiden Krieger vorne an der Front liefen weiter und deckten die Mädchen für den Fall eines Angriffes. Nach einer Weile kamen sie an einem Hügel an. Sie stiegen den Hügel hoch und auf dem Hügel angekommen, sahen sie sich die Lage von oben an. Shyvani und Miyura kamen nicht so schnell wie die Jungs nach oben und mussten deshalb vorsichtiger klettern. Als die Mädchen dann auch oben angekommen waren, betrachteten alle die Sicht von oben. Dann sah Tyran im Horizont eine Rauchwolke, die aus dem Wald kam und informierte sofort die anderen. Dann sagte Tyran, wir sind nicht alleine auf dieser Reise, noch jemand wird uns vermutlich bald begegnen. Mit der unfassbaren Neugier rannten sie den Hügel herunter und schlenderten den Weg entlang, bis sie auf den Wald treffen würden. Auf dem Weg lagen viele Steine, der Boden sah sehr dunkel aus und das Gras war nicht mehr sehr hoch. Es lagen tote Tiere am Boden und das erschreckte Miyura sehr. Als sie dann mit einem schnellen Tempo vorangingen, kamen sie schon bald am Wald an. Tyran und Narín gingen voraus und die anderen beiden folgten ihnen auf dem Fuß. Tyran schaute sich um und Narín sollte ihn dabei decken. Er wollte dieses Lagerfeuer finden, doch sah nichts im Moment. Shyvani flüsterte leise: »Leute, habt ihr die Schritte gehört? Jemand ist hier,

wir müssen aufpassen.« Die tapferen Krieger
zogen ihr Schwert und gingen in Deckung. Tyran
und Narín schlichen sich zu den Bäumen und
erfassten die Lage, und in der Zwischenzeit gingen
Shyvani und Miyura ins halb verbrannte Gebüsch
und duckten sich. Als die Schritte lauter wurden,
sahen alle, wie ein Dunkelelf mit einem Kind
unterwegs war. Tyran und Narín umzingelten die
beiden und gingen näher. Der Dunkelelf
ging auf dem Boden hielte seine Hände vor sein
Kind und deckte es. Er flehte um Gnade für sein
Kind. Miyura lief zum Kind, Tyran rief:»Nein
Miyura, geh nicht«, doch sie streichelte dem Kind
auf den Kopf und fragte den Vater, woher er kam.
Der Dunkelelf erklärte ihnen, dass er aus Mytalon
geflohen war, weil sie ihn zwangen, Elfen zu töten.
Er konnte es nicht übers Herz bringen und floh
von dort. Als der Dunkelelf Tyran näher ansah,
sagte er:»Bist du nicht der auserwählte?«, und
erschrak. Er erklärte allen, dass sehr viele Gerüchte
im Schloss umgehen würden, dass bald der
auserwählte Magier kommen wird. Der
Dunkle Elf grüßte Tyran und sagte, dass es ihm
eine Ehre war, ihn zu treffen. Narín dachte nach,
und plötzlich kam ihn ein Gedanke. Er fragte ihn,
wie man ins Schloss reinkommt, ohne entdeckt zu
werden. Der Dunkelelf erwiderte:»Zuerst einmal:
Mein Name ist Razul, und ich war Proviantlieferer
im Schloss. Es gibt – « Shyvani unterbrach ihn,
denn ihr kam ein teuflischer Plan in den Sinn, also

fragte sie ihn, ob er mit einem Wagen reinging, als er den Proviant liefern musste. »Wieso willst du das wissen? Aber ja, ich habe die Ware mit einem Wagen transportiert.« Sie erzählte von ihrem Plan, dass sich alle in den Wagen verstecken und somit ins Schloss unbemerkt reinkommen würden. Dann erklärte Razul, das er den Proviantwagen ein bisschen östlich von hier gebracht hat, um ihn dort zu verstecken. Tyran sagte: »Dann lasst uns aufbrechen, wir werden diesen Wagen finden und ins Schloss gelangen.« Dann machten sich die Abenteurer und der Dunkelelf mit seinem Kind auf den Weg nach Osten. Tyran und Razul übernahmen die Führung und liefen ganz vorne. Nach einer Weile kamen sie an einer Hütte an. Razul berichtete, dass der Wagen hinter dem Haus stand. Dann lief er hinter das Haus und Tyran ihm nach. Als alle beim Wagen angekommen waren, sahen sie sich um und dann sagte Narín: »Wir können uns doch in diesem Wagen ausruhen, wenn du ihn fährst, oder?« Razul stimmte zu, doch er wies sie an, in der Nähe des Schlosses wachsam zu sein. Dann ging Razul in sein Haus und sagte, dass alle warten sollen. Narín sagte zu Shyvani und Miyura, dass sie sich in den Wagen setzen sollten, doch das gefiel Shyvani nicht. »Nur weil ich eine Frau bin, heißt das noch lange nicht, dass ich ein Schwächling bin. Setz du dich lieber in den Wagen!« Narín fügte sich ihrem Willen, denn er war ziemlich erschöpft, und so machte er es sich mit Miyura auf dem Wagen gemütlich, während Shyvani den Platz neben Tyran einnahm und ihre Axt bereithielt. Razul kam wieder aus dem Haus mit einem Beutel. Dann sprang Tyran in den Wagen und setzte sich hin, denn Shyvani lehnte das Angebot, ebenfalls heraufzukommen, ab; es schien sie in ihrem kriegerischen Stolz zu verletzen. Dann begann die Fahrt. Razul schaute nach hinten und sagte zu Tyran, dass er Nahrung und einen Trank für magische Energie, von dem sowohl Tyran als auch Narín einen Schluck nahmen. Miyura nahm das Angebot der Nahrung an, teilte eine Frucht und reichte jedem, auch Shyvani auf dem Boden, ein Stück. Nach ein paar Stunden war Shyvani zwar nicht erschöpft, wohl aber ungeduldig, und so fragte sie ein weiteres Mal: »Wann sind wir da? « Razul sagte, dass es nur noch etwa eine halbe Stunde dauern würde. Er sagte allen, dass sie sich ausruhen sollen. Miyura legte sich hin und die anderen auch, und sogar Shyvani setzte sich an die Kante des Wagens, doch die Axt legte sie nicht aus der Hand. Tyran sah über den Wagenrand heraus und bewunderte die Landschaft, obwohl sie ziemlich zerstört war. Narín konnte auch nicht einschlafen, er stand vom Boden auf und schlenderte zu Tyran. »Tyran, weißt du eigentlich schon, wie du deinen Vater finden willst? Du weißt ja gar nicht, wie er aussieht.« Auf diese Frage antwortete Tyran nicht und Narín ließ ihn in Ruhe.

Er spielte mit seinem Jadeschwert, und schon jetzt hatte er unter seinen Gefährten den Namen Jadekrieger erhalten. Plötzlich stoppte der Wagen abrupt. Miyura beschwerte sich, weshalb der Wagen angehalten wurde, und Razul erwiderte:»Wir sind jetzt im Gebiet der Dunkelelfen. Vor uns befindet sich das Schloss. Steigt aus, ihr könnt es euch ansehen.» Die Abenteurer stiegen aus dem Wagen und schauten sich ängstlich um. Razul erzählte ihnen von den Wachen, die ihre tägliche Runde machen, von denen sie sich in Acht nehmen sollten. Narín und Razul gingen nach vorne und Tyran stand hinten bei Shyvani und Miyura. Miyura schaute Tyran an und bemerkte, dass es ihm nicht gut ging. Sie fragte Tyran, was los war und er erwiderte, dass er sehr starke Schmerzen hatte. Als sie weitergingen, hörten sie Dunkelelfen vorbeigehen. Narín flüsterte:
»Leute, ihr müsst euch jetzt schnell verstecken, sonst werden sie uns sehen und das würde dann für Unruhe sorgen.» Alle rannten schnell hinter die Büsche, doch Tyran konnte sich nicht mehr rühren. Narín rief:»Tyran, lauf doch!», doch Tyran konnte nichts mehr tun. Die Dunkelelfen hatten Tyran gesehen und die anderen alarmiert. Dann sagte Narín zu Razul, dass sie sich verstecken sollten und warten, wohin sie ihn bringen würden. Razul stand auf und Narín hielte ihn fest und sagte, dass er nicht aufstehen sollte, doch Razul wand sich aus seinem Griff und ging zu den anderen

Dunkelelfen. Narín konnte es kaum glauben. Razul schlenderte zu seinen Kameraden und berichtete ihnen, wo sich die Elfen verstecken. Narín schrie: »Shyvani, Miyura, rennt! Das ist eine Falle!«, doch hinter Miyura und Shyvani standen Dunkelelfen und eine Flucht war unmöglich. Miyura schien zu hoffen, dass sie sanft sein würden, wenn sie ruhig war, Shyvani dagegen trat um sich und hieb mit der Axt in die Luft. Einmal traf sie den Arm des Dunkelelfen, der sie festhielt, wand sich aus seinen Armen, deren Druck augenblicklich nachgelassen hatte und versuchte zu fliehen, doch sie kam nicht weit, denn Razul stellte sich ihr in den Weg und riss ihr die Axt aus der Hand. Tyran wurde von den Wachen gefesselt und in den Wagen geworfen. Narín nahm sein Schwert und griff die Dunkelelfen an und ihm gelang die Flucht. Er rannte in den Süden des Gebietes und verschwand im Dickicht. Die Dunkelelfen ließen ihn flüchten und gingen weiter, inzwischen hatten sie es geschafft, Miyura und sogar Shyvani zu fesseln und auf den Wagen zu legen. Ihm grauste bei dem Gedanken, was diese miesen Hunde mit ihnen anstellen mochten. Narín folgte ihnen aus der Ferne. Die Dunkelelfen fuhren bis zum Toreingang mit dem Wagen, doch Narín konnte nicht rein, weil auf den Mauern Bogenschützen postiert waren, deshalb entschied er sich, den Wagen zu erklimmen in der Zeit, in der die Brücke hinuntergelassen wurde. Er wartete angespannt auf den richtigen Moment, dann entschied er sich schnell um, aus Angst, Miyura könnte schreien, schlüpfte unter den Wagen und hielt sich fest, so gut er konnte. Einmal stieß er in einem Moment der Unvorsichtigkeit auf den Boden und konnte einen Schrei nur gerade so unterdrücken, dann spannte er seine Muskeln wieder an. Kurz bevor der Wagen hielt, ließ er sich so leise wie möglich fallen, rollte aus dem Sichtfeld von Razul und versteckte sich in einem dunklen Winkel. Von dort beobachtete er, wie seine Gefährten in das Gebäude gebracht wurden. Kurzerhand zog er einen schmalen Dolch aus dem Ärmel; für den Fall, dass er sein Schwert verlieren sollte, hatte er immer eine Zweitwaffe dabei. Unauffällig schlich er zu einem Dunkelelfen, der aussah wie ein Jäger, hielt ihm von hinten den Mund und stieß den Dolch in seinen Rücken. Dann schleifte er ihn weg, zog ihn aus und kleidete sich in das Gewand seines Opfers. Glücklicherweise trug dieses eine Kapuze, welche den Großteil seines Gesichtes in Schatten hüllte. Dann betrat er so selbstsicher wie möglich das Gebäude. Die Wachen schauten ihn stumpf an, doch er ließ sich nicht ablenken, um nicht aufzufallen. Als er in den großen Saal eintrat, zu dem die leichte Blutspur einer seiner Gefährten führte, sah er schon wie Tyran vor dem Thron des Königs in die Knie gezwungen wurde – natürlich mit gefesselten Händen. Narín konnte sich das Gespräch nicht anhören, weil er sehr weit hinten stand. Plötzlich sah er, wie den Freunden ihre Waffen abgenommen wurden. Als sie dann wehrlos waren, brachte man sie ins Gefängnis. Nur Tyran blieb und schien vom König gedemütigt zu werden. Dann ging eine ganze Stunde vorbei und Narín schlich sich zu den Gefängnissen. Als er ankam, sagte er:»Tyran komm hier her«, doch er erwiderte nur genervt:»Lass mich in Ruhe!« Narín sagte dann, dass er es sei und hierhergekommen war, um sie zu retten. Dann schlenderte Tyran zur Tür des Gefängnisses und schaute Narín verblüfft an. Tyran sagte "Bei allen Göttern! Du bist gekommen» Narín ging danach sofort zu den anderen beiden und berichtete ihnen von seinem Plan.»Wenn die Sonne untergeht, werde ich zurückkommen, mit euren Waffen, und dann werden wir den Vater von Tyran suchen.« Er erzählte Tyran, dass er eine Gruppe von Gefangenen gesehen hatte, die am Arbeiten waren, und einer sah Tyran recht ähnlich, doch er hatte nicht genug Zeit gehabt, um ihn anzusprechen. Mit dieser glücklichen Botschaft sagte Tyran:»Bitte beeile dich, wir müssen meinen Vater finden!» Dann spazierte Narín im Schloss herum und sah sich gründlich um. Er betrachtete jeden Saal des Schlosses und jedes Zimmer, doch fand die Waffen nicht. Plötzlich sprach ihn ein Wachmann von der nördlichen Mauer an. Er fragte ihn wieso er so verdächtig in allen Räumen und Sälen geschaut hatte. Dann erzählte ihm Narín, dass er einen Anhänger seiner Geliebten verloren hatte. Die schien dem Wachmann zu reichen, und er entfernte sich wieder. Als Narín sich bereits den Großteil der Räume angeschaut hatte, fand er einen speziellen Raum. In diesem Raum waren zwar nicht die Waffen, aber ein großer Spiegel stand dort und zog ihn wie magisch an. Aber Narín riss sich von seinem Anblick los und sah sich lieber das einzige Bücherregal, das er bisher gesehen hatte, an. Da entdeckte er Kratzspuren auf dem Boden, die mit Sicherheit von diesem Regal stammten, also stemmte er es beiseite und erblickte einen Eingang. Als er durch die Tür trat, sah er eine große Waffenkammer. In dieser Waffenkammer fand er auch die Waffen von seinen Freunden. Er nahm sie und ging wieder hinaus. Er schob das Regal wieder auf seinen Platz und schlich sich aus dem Zimmer. Mit den Waffen in der Hand versteckte er sich überall, bis er zum Gefängnis kam. Er schaute sich überall um, doch sah nichts und rannte schnell zum Gefängnistor. Ein Wächter wollte das Zimmer betreten, doch Tyran hörte das Knarzen der hölzernen Treppenstufen und warnte Narín. Dieser schlich sich hinter die Tür zum Gefängnis und wartete dort. Der Wächter kam rein und Narín schlug ihn mit einem starken Schlag in den Nacken, sodass er mit gebrochenem Genick auf den Boden fiel. Narín nahm ihn den Schlüssel vom Gürtel und öffnete somit die Gefängnistüren von Tyran und den Mädchen. Als alle befreit waren, gab er ihnen ihre Waffen zurück. Tyran nahm wieder die Führung und grübelte nach einem

Fluchtplan und die Suche nach seinem Vater. Er
hatte den perfekten Plan plötzlich im Kopf und
erzählte den Plan Narín und den Mädchen. Sie
schlichen sich aus dem Gefängnis raus und
schlenderten die Räume durch, bis sie einen
sicheren Ort fanden. Shyvani und Miyura waren
dicht hinter den Jungs und waren sehr angespannt
und leise. Dann fand Narín einen sicheren Raum
für die anderen und sagte ihnen sie sollen schnell
dort rein gehen und sich im Heuhaufen verstecken.
Es war ein Stall für ihre Pferde, wo
sich Miyura und Shyvani versteckt
hatten. Tyran versicherte Miyura und Shyvani das
er sie herausholen wird und ging mit Narín los,
doch Shyvani, unzufrieden in ihrer Rolle als
wartende schlich ihnen hinterher, ohne auf die
leisen Widersprüche von Miyura zu
hören. Tyran war sehr überzeugt, dass er seinen
Vater finden würde und hier herausholt. Narín
sagte:»Tyran ich glaube, wenn wir uns beeilen,
könnten wir deinen Vater beim Arbeiten treffen.«
Die beiden Krieger schlichen, verfolgt von Shyvani,
durch die Häuser, bis sie auf der anderen Seite des
Schlosses ankamen, wo die Gefangenen arbeiten.
Als Tyran sich umschaute waren überall Elfen, aber

sein Vater war nicht zu sehen. Dann
liefen sie weiter und sahen, wie ein Wächter einen
Mann mit der Peitsche schlug. Als Tyran näher
ging, sah er in das Gesicht des Mannes und
plötzlich wusste er, dass dies sein Vater
war. Tyran brannte vor Wut und wollte auf den
Wächter zustürzen, um ihn zu bestrafen, doch da
klappte er schon zusammen. Verwirrt drehte er sich
um und erblickte Shyvani in der Ecke des Platzes.

~ Kapitel 4 ~

»VIELEN DANK, JUNGE», sagte sein Vater, doch er
schien ihn noch nicht erkannt zu haben. Alle
Arbeiter schauten zu Narín und Tyran und waren
sehr verblüfft als Narín sagte:»Tyran, wir müssen
jetzt deinen Vater finden.» Tyrans Vater erbleichte,
dann hielt er Tyrans Schultern fest, drehte ihn um
und sah ihm ins Gesicht. Er schrie vor Freunde,
umarmte Tyran und versuchte, ganze Wörter zu
formulieren, doch vor Freude konnte er es nicht
fassen. Schließlich schaffte er es zu fragen:»Mein
Sohn, wie
bist du hierhergekommen?» Tyran erzählte seinem
Vater die Kurzform ihrer Reise. Tyrans Vater
konnte es gar nicht glauben, dass Tyran gekommen
war, um ihn zu retten. Dann übermittelte er noch
die Botschaft von seiner Mutter. Der Vater war sehr
glücklich das zu hören und erzählte Tyran, wie sehr

er ihn und seine Mutter vermisst
hatte. Tyran sagte: »Papa, wir haben jetzt keine Zeit
zum Plaudern. Wir müssen uns jetzt beeilen und
noch eine Freundin holen und von hier
verschwinden.« Die anderen Arbeiter freuten sich
auch sehr und fragten, ob sie mit rauskommen
dürften. Tyran hätte niemals den Mut, den Leuten
zu sagen, dass er sie alleine lässt, und erlaubte
es ihnen. Die ganze Gruppe schlich sich zur
Scheune um Miyura zu holen, und Tyran war ein
bisschen sauer, dass Shyvani ihnen gefolgt war.
Dann tauchte plötzlich Miyura aus ihrem Versteck
auf und rannte zu Tyran. Dann schaute sie die
Arbeiter an und den Mann, der neben Tyran
stand. Miyura fragte: »Tyran, hast du deinen Vater
gefunden?«, Doch dann warf sie einen zweiten
Blick auf seinen Vater und es schien alles geklärt.
Tyran und Narín gingen zusammen
mit Shyvani nach vorne, um die Deckung der
Gruppe zu halten. Es waren sehr viele Leute,
und sie konnten nicht einfach durch die Türe
flüchten. Tyran hatte sich einen Plan überlegt, dass
jemand die Wachen ablenken sollte, damit alle
anderen herausrennen könnten. Der Vater von
Tyran sagte, dass er ab jetzt immer bei Tyran
bleiben wird. Einer von den Elfen meldete sich
freiwillig als Ablenkung. Dann bereiteten sich alle
vor. Der Elf rannte in die Mitte des Schlosses und
schrie sehr laut herum. »Ihr dreckigen Elfen",
»miese Hunde« und »Dreckschnauzen« waren noch

die höflichsten Bezeichnungen für sie. Alle Wachen
drehten sich um, und diese Chance nutzten die
Elfen, um herauszurennen. Miyura und
Shyvani waren am Rennen, doch plötzlich
fiel Miyura auf den Boden und
schrie. Shyvani rannte zurück und die anderen
Elfen flüchteten alle aus dem Schloss. Die Wachen
hatten inzwischen bemerkt, dass es eine Ablenkung
war, und schlossen die Tore des
Schlosses. Shyvani trug Miyura zu Tyran und Narín.
Dann kam plötzlich der Großteil der Dunkelelfen
auf sie zu. Narín und Tyran zogen ihre Schwerter
und stellten sich in Kampfposition. Alle gingen zur
Seite und dann kam der König der Dunkelelfen
auf sie zu. Tyran ging auch näher und Narín deckte
seinen Rücken, während Shyvani mit Miyura in den
Hintergrund gerückt war. Dann sagte der König
mit einer sehr tiefen Stimme:»Tyran, du bist der
Auserwählte, dann wollen wir mal sehen,
ob du auch so gut kämpfen kannst, wie man es von
einem Auserwählten erwartet!« Er lachte Furcht
einflößend, dann gab ihn ein Wächter sein
mächtiges Schwert und er ging in
Position. Narín schrie:»Tyran mach das nicht, dafür
bist du im Moment zu schwach!" Tyran ignorierte
die Warnungen von Narín und ging in den Kampf
über. Der König fing mit dem ersten Seitenangriff
an, den Tyran sehr einfach parieren konnte
und ihn dann mit seinem Schwert angreifen, doch
diesem Hieb wich der König geschickt aus. Doch

plötzlich fing der König an, richtig zu kämpfen und schlug Tyran zweimal hintereinander das Schwert fast in den Bauch, doch Tyran konnte den Schlägen knapp ausweichen. Er versuchte alles Mögliche, um den König anzugreifen, doch seine Kraft reichte nicht aus. Mit jeder Sekunde wurde Tyran immer schwächer und schwächer, bis er auf einmal zu schwach war, einen einfachen Seitenhieb zu parieren. Das muss an dem Trank von Razul liegen, dachte er, aber Sekunden später wurde er unterbrochen. Der König brachte Tyran auf den Boden und hielte das Schwert an seine Brust. Er wollte gerade in Tyrans Brust das Schwert einschlagen, doch da kam jemand von hinten und brachte ihn zu Fall. Es war der Vater von Tyran. Er nahm das Schwert seines Sohnes und trat dem König entschlossen gegenüber, doch Tyran wusste, dass sein Vater gegen so einen mächtigen Gegner nicht den Hauch einer Chance haben dürfte. Doch zu seiner Überraschung schien sein Vater sehr geschickt zu sein; er erwischte den König am Handgelenk, sodass dieser sein Schwert fallen ließ. Alle Dunkelelfen richteten ihre Bögen auf den Vater, doch plötzlich schrie der König:»Niemand wird sich in meinen Kampf einmischen!" Dann stand der König auf, nahm das Schwert einer Wache und rannte auf den Vater zu. Er schlug sehr stark auf das Heft des Schwertes und es gelang dem König, seinem Gegner das Schwert aus der Hand zu schlagen. Dann ging der Herrscher auf ihn zu, und der Vater fiel auf den Boden. Der König schlug auf den Boden ein und traf den Arm des Vaters, der einen elenden Schrei ausstieß. Als Tyran sah, wie sein Vater sehr stark verletzt wurde, entfachte das in seinem Körper große Wut. Er stand plötzlich auf, und alle schauten zu ihm, während seine Hände zu glühen begannen. »Du hast meinen Vater verletzt, und dafür wirst du bezahlen« rief er aus, und auf seinen Handflächen, die er gen Himmel hielt, tanzten Feuerkugeln. »Vergesst was ich gesagt habe, tötet ihn und seine elenden Freunde«, kreischte der König nun in Panik. Tyran lief immer näher zum König, der wehrlos da stand und nichts unternehmen konnte. Alle Bogenschützen vom Turm richteten ihre Bögen auf die Elfen, und es sah so aus, als würden sie jetzt verlieren. Doch plötzlich kam von hinten ein riesiger Windstoß und die Fernkämpfer schleuderte es hoch in die Luft und dann auf den Boden. Die meisten waren sofort tot, und die die es nicht waren, würden es in den nächsten Minuten sein. Narín schaute aus dem Augenwinkel, was da gerade los war und sah auf dem Berg ganz weit hinten einen Mann mit einem Stab. Plötzlich war der Mann vom Berg verschwunden und jemand stand vor dem Tor des Schlosses. Als Narín nach hinten schaute, sah er den weisen alten Mann. Amras kam zu Narín, und sagte: »Wir haben keine Zeit zum Reden, ich werde dir helfen, die Dunkelelfen zur Strecke zu

bringen.« Dann kämpften beide zusammen gegen
die Elfen. Shyvani konnte nichts unternehmen und
ging nicht in den Kampf rein, sondern zum Vater
von Tyran. Sie versuchte ihm irgendwie zu helfen,
doch es ging nicht. Narín benutzte seinen
Kampfhieb, mit dem er einen starken Angriff
ausüben konnte, und tötete damit 3 Elfen auf
einmal. Auf einmal schrie der
Alte:»Junges Mädchen, Du, ja! Du kannst ihn
heilen, ich sehe es! Versuch es einfach!« Shyvani war
gemeint, und sie legte ihre Hand auf die Wunde
und versuchte diese zu heilen, und plötzlich
fingen ihre Hände an, zu leuchten und die Wunde
ging wortwörtlich wie von Zauberhand wieder zu.
Plötzlich kam der Vater wieder zu
Bewusstsein. Shyvani erklärte ihm, was gerade los
war und konnte es nicht fassen, dass sie gerade ihre
Kräfte benutzt hatte. Dann kämpften Narín und
der alte Mann gegen die Elfen, und in der Zeit half
Miyura ihnen von hinten mit ihrem Bogen. Es war
ein erbitterter Kampf zwischen dem Guten und
dem Bösen, doch das Schicksal schien sich noch
nicht für einen Sieger entschieden zu haben... Narín
kämpfe mit Stolz an der Seite seines Ausbilders. Als
die Dunkelelfen alle vernichtet wurden, wollten
Narín und der weise Mann Tyran helfen. Doch
plötzlich tauchte hinter ihnen Valaria auf, die nun
sehr gefährlich aussah, denn sie hatte einen
schwarzen Umhang an und blutrote Augen, die
Fingernägel spitz und Schneidezähne wie ein

Raubtier. Sie griff den weisen Mann mit
Luftangriffen an, doch Amras wehrte sich sehr gut
und griff sie auch mit starken Lufthieben an. Dann
griff Miyura Valaria mit ihrem Bogen an und Narín
rannte mit seinem Schwert zu ihr und
versuchte, sie im Nahkampf zu
schwächen. Shyvani merkte, dass ihre Kräfte
verschwanden, und rannte zum weisen alten Mann.
Er sagte:»Wir haben wenig Zeit, doch ich glaube,
sie blockt deine Kräfte», dann rannte der weise alte
Mann zu Valaria und griff sie mit einem riesigen
Windstoß an. Tyran kämpfte noch immer erbittert
gegen den König. Er konnte aus dem Augenwinkel
sehen, wie Valaria dastand, doch er durfte sich nicht
ablenken lassen, sonst würde er den Kampf
verlieren. Der weise alte Mann ging immer näher,
und seine Angriffe wurden immer stärker, doch
plötzlich verschwand Valaria. Sie tauchte Sekunden
später hinter dem weisen Alten aus, wo sie ihn das
Messer in den Rücken stach. Dann griff sie mit
einem letzten Windstoß die restlichen Elfen an
und sie flogen auf die Seite. Valaria ging zu Tyran
und dem König. Narín rannte mit Tränen gefüllten
Augen zu Amras, der ihm sagte, dass er es nicht
mehr lange aushalten würde. Dann sagte Narín:
»Wir haben doch Shyvani», und schrie,
dass sie kommen sollte, doch sie konnte nichts
unternehmen, weil ihre Kräfte geblockt
waren. Narín schrie und schlug um sich auf den
Boden und der weise alte Mann beruhigte ihn.

Er sagte: »Du musst Valaria für mich töten, das ist meine einzige Bitte.« Der weise Mann hatte nur noch Sekunden bis zu seinem Tod. Dann erzählte er ihm, wie toll er ihn gefunden hat. Eine Träne kam sogar dem weisen alten Mann aus den Augen. Es war ein sehr trauriger und emotionaler Moment für Narín. Nach diesem Abschied starb der Weise mit einem Lächeln auf dem Gesicht. Narín kochte vor Wut, schlug auf den Boden und Shyvani rannte zu ihm. Er schubste sie einfach auf die Seite. Narín stand auf, der Boden fing an zu beben. Valaria kam zurück und stand vor Narín. Er bekam plötzlich einen riesigen Energieschub und einen Wutanfall. Narín hielte das Schwert in die Hand und plötzlich bildete sich eine blaue fliegende Kugel. Dann schrie er: »Du sollst qualvoll verrecken, du Mörderin!" Plötzlich kam eine riesige Schockwelle auf Valaria zu. Dann versetzte ihr Narín den Gnadenstoß und sie fiel auf den Boden und starb. Doch plötzlich verschwand ihre Leiche. Miyura vermutete, dass sie ein mächtiges Geschöpf war, das nach dem Tode verschwindet. Dann rannten alle zu Tyran und halfen ihn beim Kampf gegen den König. Der König stand alleine da und alle gingen auf ihn los. Miyura legte einen Pfeil auf den Bogen, spannte ihn an und schoss auf den Kopf des Königs, der auswich, doch dann schlug Narín mit seinem Luftstoß den König auf die Seite, Shyvani schleuderte ihr Axt, um ihn aus dem

Gleichgewicht zu bringen und Tyran benutzte seine
Magie und schoss riesige Feuerkugeln auf den
König. Dann traf er mit den Kugeln
und Narín benutzte seine spezielle Schockwelle und
somit gingen zwei mächtige Angriffe auf den
König, die er nicht mehr abwehren konnte. Beide
Angriffe waren ein Volltreffer und der König
wurde in Tausende Stücke
zerfetzt. Shyvani und Miyura setzten sich auf den
Boden, weil sie sehr erschöpft waren. Der Vater
von Tyran war putzmunter, weil er
von Shyvani geheilt wurde. Tyran und Narín kamen
zu Shyvani und Miyura und setzten sich auch dort
hin. Dann ruhten sich die Abenteurer für eine
kurze Zeit aus. Der Vater sprang auf Tyran und
umarmte ihn, und freute sich sehr dass es allen gut
geht. Narín war sehr traurig, Shyvani bemerkte es
und tröstete ihn, so gut sie konnte. Er schaute
zu ihr hoch und umarmte sie. Er entschuldigte sich
auch bei Shyvani, dass er sie aus Wut geschubst
hatte. Miyura ging zu Tyran und umarmte ihn auch.
Dann standen alle auf und gingen in Richtung
Ausgang. Tyran ging nicht mit. Narín fragte ihn,
was los sei, doch er sagte das er kurz alleine sein
wollte. Dann gingen alle weiter und er schaute sich
um. Er sah die Leiche des alten weisen Mannes und
die Stücke des Königs, doch keine Leiche von
Valaria. Plötzlich hörte er einen leisen Schrei aus
dem Norden. Als er dann in die Ferne blickte, sah
er, wie Valaria auf einem Berg auftauchte und sehr

laut lachte. Sie sagte:»Wir werden uns wieder sehen», doch scheinbar hörte das nur Tyran. Narín schrie, noch immer mit von Tränen überströmtem Gesicht aus Trauer um Amras:»Tyran komm jetzt, wir müssen gehen!" Tyran ignorierte Valaria und plötzlich verschwand sie und er rannte zu Narín. In seinem Kopf verschwanden die schlechten Gedanken, und er dachte, dass es mit Sicherheit eine Einbildung war. Dann spazierten die Abenteurer den Weg entlang und genossen den schönen Sonnenuntergang.